UNE LÉGÈRE VICTOIRE

DE LA MÊME AUTRICE

Les Déraisons, roman, L'Observatoire, 2018 ; 10-18, 2019
Baïkonour, roman, L'Observatoire, 2019 ; 10-18, 2020

ODILE D'OULTREMONT

UNE LÉGÈRE VICTOIRE

roman

julliard

Conception graphique de la couverture : Valérie Gautier

ISBN : 978-2-260-05571-6
Éditions Julliard – 31, rue Étienne Marcel 75001 Paris

À mes filles et leur vie devant

Ah démons démons que vous êtes.
Versez-moi des mots et des mots.

Aragon, « Le Conscrit des cent villages »,
La Diane française

Douce est la nuit sur Paris. Nour marche en léger retrait de cet homme qu'elle appelle Jeff, diminutif de Jean-François. Il la tient par la main. Entre eux, une distance égale à deux bras tendus. Les cheveux blonds de la jeune femme, brossés de part et d'autre d'une raie centrale, forment comme les ailes d'un goéland. L'application que Nour déploie à trotter sur ses talons trop fins, à la même cadence rapide que son amoureux, le sien depuis vingt et un mois, est séduisante. Sous ses pieds, le trottoir est humide, elle est attentive aux fêlures dans la pierre, aux trous par endroits. Jeff avance vite, elle sautille derrière, la démarche imposée par ses foutues échasses est chancelante mais il fallait être bien habillée ce soir, élégante sans en faire trop, dans sa tête, elle répète ses gammes : *Bonsoir Monsieur, bonsoir Madame, votre fils est une merveille, j'ai une chance folle, c'est absolument délicieux, la truite saumonée est divine, quel honneur pour moi de dîner à votre table, allez-y, s'il vous plaît, je vous en prie, contez-moi votre vie passionnante...*

Un instant, Nour s'est égarée.

— Ça va ma chérie ?

Jeff se retourne vers elle, l'instant d'un sourire, il est tendu, un dîner chez ses parents, c'est quelque chose, un moment important, une fièvre toujours, au contraire de ceux passés chez la mère de Nour, qui ne suscitent ni affres ni embrasement.

Le grand boulevard bordé de noyers anciens est à deux voies. Il charrie le bruit des voitures qui s'y croisent dans un léger fracas, ça claque en douceur et, tout autour, la ville se prépare à dormir. Le large trottoir n'en finit pas de couler sous ses pas, on dirait une rivière juste avant la débâcle. Au numéro 258, la porte en bois vernis s'ouvre, tractée par le poignet gracieux de Maurice, soixante-sept ans dans la vie et vingt-cinq en fonction dans cette imposante demeure en pierres de France. La façade grise, fraîchement ravalée, s'étire sur 12 mètres au moins. « Le Château », comme elle ironise parfois. Jeff embrasse Maurice, Nour le remercie, les manteaux sont ôtés et posés au vestiaire. Devant eux, le hall est vaste, au sol des carreaux de marbre blanc et noir dessinent un gigantesque échiquier, on dirait l'entrée d'un palace londonien. Dans un coin, deux fauteuils laqués dorés, tapissés d'un tissu à fleurs rose, trônent sur un carré de laine bouclée couleur poudre. À chacune de ses visites, Nour se demande qui peut bien s'asseoir là. Pour faire quoi ? Une pause avant de monter l'escalier central, magistral, placé comme une invitation à grimper à l'échelle sociale ?

— Tu es magnifique, souffle Jeff.

— Toi aussi, répond Nour.

Sur le moment, elle n'a pas d'autre idée.

Il doit y avoir une quarantaine de marches. Personne, c'est certain, n'a jamais compté. La robe noire de Nour est courte mais pas trop, son décolleté affirmé mais pas vulgaire, elle a enfilé des bas légers, la mi-saison regorge d'interrogations essentielles de ce genre, trench ou manteau, collants ou jambes nues, cachemire ou fil de coton. Nour, en réalité, s'en contrefout, la problématique affleure trois fois l'an, uniquement lorsqu'il s'agit de venir *ici* et de dîner avec *ces gens*.

Depuis trois ans, le père de Jeff est ministre de l'Industrie et son épouse, la mère de Jeff, femme-de-ministre-de-l'Industrie.

— Dans la famille, ça a globalement rendu tout le monde assez con.

C'est ainsi que Jeff avait décrit la situation à Nour une semaine après leur rencontre.

Et ça lui avait plu, la façon décontractée dont cet homme engageant, un grand brun sacrément baisable, avait qualifié ce fait exceptionnel, avec humour et sans esbroufe. La réalité, par la suite, avait été plus ambiguë.

Rapidement, Nour avait compris que la nature de son poste d'assistante de rédaction au journal *Le Monde* suscitait une sorte de malaise, à la fois parce qu'elle travaillait dans un média réputé de centre gauche alors que le ministre Tanguy Éluard appartenait à une majorité de droite ; mais aussi parce que sa position au sein du journal, insignifiante en réalité, sans aucun pouvoir ni ambition d'en avoir, faisait d'elle une espionne dans la place, certes, mais de bien modeste facture. Ce qui, compte tenu de l'éminent statut du ministre, semblait désobligeant.

Durant les premiers mois de leur histoire, Jeff avait semblé rejeter l'idée qu'il puisse y avoir, même inconsciemment, deux camps au sein de son entourage proche. Et puis un jour, au retour d'un voyage d'affaires en Angola, Nour l'avait surpris qui murmurait au téléphone avec son père, dans une discrétion relative. Alors, sans détour, elle avait éclaté de rire, le ridicule de la situation s'était emparé d'elle, l'avait enlacée comme une étole gigantesque, elle n'avait rien pu faire d'autre que se gausser. Comme si elle avait l'intention de les trahir, le ministre et son fils, quoi qu'ils aient pu conspirer tous les deux ! C'était si mal la connaître, si mal l'apprécier surtout ! Plutôt que de reprocher à Jeff sa soudaine et ridicule paranoïa, elle avait choisi d'en rire, elle était tellement gênée pour lui qu'il puisse penser qu'il fallait se protéger d'elle, au point de chuchoter grossièrement derrière un rideau comme au temps des vaudevilles et de la guillotine. Ça n'avait fait marrer qu'elle. À compter de ce jour, peu à peu, Jeff s'était mis à revêtir une étrange armure de fils de ministre, de plus en plus épaisse, une sorte de cape censée le préserver d'agressions extérieures dont il ne fut jamais capable de déterminer la nature précise.

Alors, imperceptiblement, leur vie avait continué, leur amour aussi, mais d'une façon un peu différente, comme s'ils partageaient désormais la même pitance mais qu'ils s'abreuvaient à deux sources discordantes.

— Bonsoir, ma jolie.

Tanguy Éluard procède ainsi lorsqu'il ne se souvient plus du prénom de Nour, en lui attribuant un inoffensif sobriquet coquin qu'il attribuerait à n'importe quelle minette de passage.

— Bonjour, Tanguy.

À dessein, elle se retient de l'appeler *Monsieur le ministre* en retour, bien qu'il ne lui ait jamais donné l'autorisation de procéder d'une autre manière, dès lors il affiche un air brièvement contrit, la désapprobation se lit clairement dans ses yeux, mais que peut-il maintenant qu'elle a osé ? Il se tourne vers son fils, lui expédie une étreinte couplée d'un sourire forcé afin d'évacuer son courroux. Jeff a entendu, il est secrètement navré pour son père, pourtant, à Nour, il ne reprochera rien. À quoi bon tenter d'éduquer quelqu'un qui se refuse à l'être ? Au bout de quelques longues minutes à gober des olives dénoyautées en faisant un bref point sur l'état mental et physique de chacun, Madame la ministre qui, dans l'intimité, se prénomme Agathe, invite les convives à passer à table. Elle le fait d'un geste délicat, ses mains aux longs ongles bardés d'un vernis rubis brassent un air pleutre de salon mondain, constitué d'invisibles compromis en tout genre. Agathe est la reine des angles arrondis qu'elle polit avec énergie dans le sillon de son mari hâbleur. Nour la considère avec compassion, pour rien au monde elle n'aimerait être à sa place, quelle sorte de femme fait encore ce choix-là, celui de l'ombre perpétuelle avec, pour seul salut, les rires forcés d'une blague au formol et de la tarte fine au dessert. Parfois, Nour ose des questions plus personnelles à la mère de Jeff, un audacieux « comment allez-vous, chère Agathe ? » Mais la maîtresse de maison, bien que reconnaissante, botte en touche car parler d'elle n'est pas une option, et ses réponses – « bien, bien, Tanguy travaille beaucoup » ou « il a une vie à cent à l'heure, mais on ne va pas se plaindre » – sont l'aveu sans cesse répété d'une seconde place acquise pour l'éternité.

Ensuite, le dîner se déroule entre soufflé de homard et tournedos à la crème, tout ce qu'elle déteste, ces menus de l'an quarante que plus personne ne propose ailleurs que dans ces endroits où les traditions sont maintenues sous des cloches en porcelaine, assorties de privilèges dont quelques rares personnes se sustentent encore.

— Un tournedos à la crème, putain… D'écrevisses en plus. Un terre-mer.

Deux jours plus tard, avachie dans un canapé trop mou à siroter un café serré, Nour décrit le reste de la soirée, *un supplice*, à Rosalie, son amie journaliste rencontrée à la fac, engagée ensuite à *Libé* au service Culture, il y a cinq ans, pendant que Nour remplit encore des formulaires de déduction fiscale pour les déjeuners de son patron.

— J'ai été promue.

— Non ?

Nour ne s'étonne que pour la forme. Rosa est une travailleuse acharnée, elle l'a toujours été, l'exact opposé d'elle-même, et sa promotion n'a rien d'une surprise.

— Je m'occupe des portraits de quatrième de couv. Avec Sébastien. On est deux.

De joie, Nour pousse un cri d'Indien.

— Tu devrais écrire un papier sur mon beau-père. Une belle photo au gros grain en noir et blanc avec un titre un peu choc…

— « La crème de la crème » !

Rosa se marre et Nour se redresse pour ne pas avaler de travers.

— Tu réalises que le mec n'a pas arrêté de parler de prise de risque politique et de louer l'importance d'avoir confiance en les gens, de *faire confiance* ? Et, à côté de ça, il a passé son temps à se sentir agressé par tout, les opinions des autres, sa putain de sauce aux crustacés, la fumée de ma clope, le bruit des voitures.

Lasse, Nour relate sa conversation de l'avant-veille avec le ministre. Elle lui a raconté avoir acheté une automatique, silencieuse et propre, Éluard soupirant aussitôt, c'est le genre de considération qui l'assomme, du politiquement correct à l'emporte-pièce, *ces gens qui se croient écolos parce qu'ils conduisent une hybride…* Ses mots fatigués ont rebondi sur sa lèvre inférieure ourlée comme un tuyau avant de tomber dans un mépris saisissant. Dans un premier temps, Nour s'est rebiffée, *vous pouvez pas dire ça*, même Jeff a osé une plainte contre son père, que ce dernier a ignorée en changeant de sujet, ajoutant au mépris l'indifférence. Et voilà qu'il était déjà l'heure de s'en aller. Nour ignore si elle se sent plus frustrée à l'idée de ne pas avoir assez tenu tête au ministre ou de constater une fois de plus qu'il n'est rien d'autre qu'un autosatisfait usé aux idées politiques réchauffées au silex.

— C'était joyeux comme un parking souterrain, deux heures assise sur une chaise en velours à écouter le roi tenir un crachoir tellement éculé…

Rosa se marre, elle aime le reportage des soirées de son amie au Château. Officiellement, Nour a l'interdiction de raconter ce qu'il s'y passe, à ses amis, à ses collègues, c'est une proscription de principe, instaurée par Jeff quelque temps auparavant, *pour éviter les malentendus*, à laquelle elle a accepté de souscrire pour la paix de son ménage. La vérité, c'est qu'elle n'en fait rien, le récit bien trop excitant à mettre en mots agit aussi comme une catharsis, pour rien au monde elle ne se priverait de répandre les aberrations narcissiques d'un serviteur de l'État.

— Parfois je me demande : pourquoi tu restes avec Jeff ?

— Jeff n'a rien à voir avec son père. Nour dit ça en haussant les épaules. Il ne fait pas de politique et il n'en fera jamais. Et puis, accessoirement, je l'aime.

Rosalie sourit.

— C'est vrai qu'il est sympa.

La nouvelle n'est pas encore arrivée jusqu'à lui. Alors Yarol Ponthus procède comme d'habitude. Il orchestre sa toilette matinale comme une fourmi à l'ouvrage, l'espace est exigu, il connaît parfaitement sa partition. Sa routine, artisanale, fabriquée comme il peut, avec les moyens du bord ; un pain de savon jaunâtre pour le corps et du shampoing, la marque discount de chez Carrefour, toujours le même, depuis vingt-quatre ans. Il examine la surface de ses dents ambrées dans le miroir fendu puis se place sous le jet de la douche délimitée par deux murets en angle droit dans le coin de sa cellule. Huit mètres carrés rien qu'à lui. Un lit, un bureau, une armoire et un petit frigo sont disposés le long d'un mur, un écran de télévision est fixé en hauteur, à droite de la fenêtre. Au sol, deux paires de chaussures sont alignées à côté d'un réchaud en fonte. Un quart de siècle qu'il habite dans cette espèce de misère, une tanière, à peine plus d'un profond creux dans le mur, alors, pour éviter frustrations et déconvenues, il a appris autant que possible à tenir à l'écart les éléments du réel.

Lui, ce qu'il aime, c'est la philosophie. Avec elle, il n'y a rien de palpable ni d'artificiel, que des idées. Des citations de Nietzsche – « L'homme a besoin de ce qu'il y a de pire en lui s'il veut parvenir à ce qu'il a de meilleur » – et de Schopenhauer – « Ni aimer, ni haïr : voilà la moitié de toute sagesse. Ne rien dire et ne rien croire : voilà l'autre » – sont méthodiquement punaisées sur les murs de son cachot, vibrant de promesses impossibles ; il connaît ces deux phrases par cœur et tant d'autres dans le même genre, purgations de pacotille qu'un quotidien de quasi-inaction invite à considérer doublement. Il enfile un survêtement sous l'épaisse lumière d'un néon malade, qui clignote souvent, faute d'un entretien régulier. Ses chairs à moitié nues sont aussi blanches que l'écume, le soleil pénètre à peine dans ces mitards aux fenêtres étroites qu'assombrissent de solides barreaux et, aux carreaux des vitres, une poussière impérissable.

Dans le bâtiment C, entièrement dédié aux détenus en fin de peine, à qui l'on accorde un régime pénitentiaire allégé accompagné d'un programme progressif de réinsertion, la journée débute comme la précédente et toutes celles d'avant. En captivité, se brosser les dents est une activité dont l'intérêt premier est d'éprouver. Yarol se sent à la manœuvre et il aime ça. Il polit sa plaque dentaire et ce simple geste est l'irréfutable preuve qu'il existe encore, son corps et son esprit s'échinant à prendre soin l'un de l'autre.

Dans le couloir, les autres s'adonnent à leurs singeries habituelles, il entend les voix qui jaillissent fort et des rires familiers. Sa porte est ouverte de 7 heures du matin à 7 heures du soir sur l'univers du couloir, une trentaine de mètres de part et d'autre, jalonnés de cellules comme la sienne, chacune occupée par un individu seul. À 7 heures 30, les auxiliaires, ces prisonniers qui prétendent au service général, s'occupent de l'entretien du bâtiment, des cantines, ou récurent les coursives à la flotte javellisée, mi-fiers, mi-foutraques, voyant en leur affectation l'occasion de faire s'écouler le temps. Au même moment, un groupe d'internés se rend aux ateliers de services techniques où les hommes réparent le matériel carcéral en échange d'un salaire quasi nul.

Quoi qu'il fasse, ici, Yarol est respecté, c'est l'apanage d'un vieux comme lui, que la plupart d'ailleurs surnomment « Boss ». Il a passé plus d'années à l'ombre que dehors, ça en dit long sur ce qu'il a fait. Son ancienneté dans l'établissement lui assure, depuis lors, la déférence de la hiérarchie et des taulards, et son bon comportement le respect de l'administration. Même Quentin Bompieux, le directeur, lui voue une certaine admiration. Lorsqu'on lui parle de Yarol, il le décrit comme l'ADN de la prison. Arrivé il y a seize ans, après deux fois quatre années dans un quartier de haute sécurité situé dans le nord de la France, un bahut pour DPS,

« détenus particulièrement surveillés », Yarol a été muté en 2006 à Saint-Rémy, près de Paris, quelques semaines avant l'arrivée du directeur. Il incarne en quelque sorte les archives de la genèse de Bompieux, la mémoire de ses aurores professionnelles. De cette époque, à part eux deux, il ne reste plus personne. Les autres ont été transférés, libérés ou sont morts. Bompieux est bien incapable de décrire ce qui, par ailleurs, le touche chez Yarol. Est-ce sa faculté à considérer les crimes qu'il a commis comme une part indéfectible de lui-même, en assumant sa responsabilité pleine et entière ? En contrepartie de ces vies ôtées, Yarol a décidé de posséder ses homicides, comme un bien meuble, de les faire siens, afin d'en contrôler les causes mais aussi les conséquences. À sa façon, Yarol est un sage qui s'est aventuré jusqu'au point le plus avancé de l'ignominie pour le devenir.

À l'extérieur, il n'a gardé aucun lien. Ni famille, ni ami. Les êtres humains qu'il côtoie sont reclus ou gardiens. Parfois, il demande à rencontrer un psy et, depuis peu, la date de sa libération approchant – dans six mois –, il a des rendez-vous réguliers avec une conseillère d'insertion et de probation, Mme Lacey, une grosse dame invariablement vêtue d'un pantalon beige et d'un polo bleu marine. Elle est affable et sympathique mais Yarol la trouve assez vilaine avec ses cheveux courts aubergine et ses lunettes rouges. Le drame, pense-t-il souvent, c'est qu'il ne sait plus à quoi ressemblent les femmes. Bien sûr, il en voit à la télé, allumée toute la journée, mais l'image ne dispense en rien le parfum d'un corps, la musique d'une voix ou l'enchantement d'un geste.

Lacey plaisante souvent. Elle aime à répéter : « je suis celle qui dit oui », alors qu'au même moment elle révoque un nombre impressionnant d'espoirs auxquels Yarol s'était accroché naïvement, espérant entrevoir dans le scénario de sa libération des fragments de consolation. En réalité, elle est celle qui dit non à presque tout, en concluant d'un air faussement désolé : « J'aide à la réinsertion, pas au carnaval de Rio. » Et ça lui fait une belle jambe à Yarol, cet humour à la con.

Ça fait un an, sur les bons conseils de la dame, que Yarol prépare un CAP agricole qu'il terminera dehors – il a choisi cette filière parce que, depuis quelques années, il s'occupe du potager de la prison, un terrain maigrelet de 10 mètres carrés planté au beau milieu de la cour. En promenade, les captifs marchent autour et forment une procession étrange, un genre d'incantation aux tomates et aux carottes de Yarol, des légumes qu'il bichonne comme s'ils étaient ses mômes. Avec le temps, il a appris à tailler les plants, prélever les boutures et arroser à leur juste mesure. Il aime regarder pousser les fraises et les piments, il lui arrive de choisir les semences et de procéder à quelques aménagements. Il ne s'agit pas vraiment d'une passion, mais occuper ses mains à travailler la terre, c'est autant d'heures à ne penser à rien. De là à étudier l'agriculture…

Optimiser sa réinsertion, c'est aussi choisir une voie pour augmenter ses chances de trouver un travail à la sortie et de s'autonomiser financièrement. Il a entendu cette phrase des centaines de fois mais elle n'imprime rien en lui. Le retour à la liberté, la grande magie supposée d'un nouveau contact à la vie, très peu pour lui. Yarol a le sentiment d'un exil, d'un glissement. De la perspective de quitter ces murs devrait jaillir l'exaltation d'une renaissance mais c'est au contraire une grande anxiété qu'il ressent. Une frayeur, en tous points pareille à celle qu'il a si puissamment éprouvée à la mort de son père, ce père qu'il n'a pourtant jamais connu, une trouille infinie, dont il parlera longuement aux jurés d'assises vingt-six ans plus tard, lorsqu'il sera condamné à une peine de vingt-cinq années incompressibles, *J'ai pris sa mort dans la gueule et à partir de ce moment-là, j'ai eu peur tout le temps.*

Il ose l'avouer à Lacey parfois. Sa future libération conditionnelle le terrifie. Enfermés depuis ce qui lui semble être mille ans, son corps et son esprit plus encore ont tous deux oublié que la part la plus intéressante de chacun réside dans ce qu'on ne peut pas prévoir. De sa sortie auraient pu advenir de nombreuses opportunités ; au lieu de ça, il est convaincu que le monde hostile ne lui réservera qu'une place de figurant ou de banni, une arrière-position dont personne ne voudrait.

— Dehors, il y a Constance.

Toujours, Lacey insiste sur cet aspect-là, délicat, indomptable, presque sauvage mais fondamental, de sa nouvelle vie. Yarol ignore quoi faire de cette information. Elle lui apparaît comme une furie tourbillonnante qui s'enroule autour de lui et à mesure qu'il y songe, il se sent contraint de tout lâcher d'un coup, ses doutes autant que ses certitudes, au profit d'un espace vierge, peuplé de vides et de silences, grand comme un désert et au milieu duquel se trouve Constance, qui l'observe, impavide. Il espère un sourire ou une main tendue mais, sur le visage de sa fille, il n'y a rien qu'un regard fixe et dans ses mains libres de la poussière de sable.

Comment espérer qu'elle soit heureuse de le revoir après tant d'années de crimes et de délits ? Et pourtant, elle est là. Dehors. Réelle.

Elle a quitté sa douche, ses longs cheveux essorés sont rassemblés à la droite de son doux visage, presque enfantin. Nour a trente et un ans, elle en paraît dix de moins.

Jeff travaille sur le coin de la table de la cuisine, il consulte des rapports d'activité d'entreprises que ses clients envisagent de racheter. Les fusions-acquisitions, c'est sa spécialité. Au début, il avait hésité à devenir pénaliste ou à faire du droit social, mais des événements dont il n'a jamais spécifié la teneur se sont chargés de modifier ses plans initiaux ; Nour le regrette souvent, elle aurait aimé partager la vie d'un idéaliste qui se consacre à de justes causes. Elle aurait aimé, dans un autre registre, ne pas se retrouver dans cette situation où juger le choix de carrière des autres ne se fonde sur aucune crédibilité quand on a, comme elle, terminé l'école de journalisme de Lille avec mention mais que, par une sorte de lâcheté paralysante déguisée en paresse, on se contente depuis des années d'un poste largement sous-qualifié. Elle s'approche de Jeff et l'embrasse dans le cou, lui confie un baiser appuyé, elle veut sentir l'odeur de sa peau mêlée à celle de ses cheveux bruns, là où il fait tiède encore alors que la chaleur de la nuit tarde à s'échapper.

— Je vais au cimetière, tu viens avec moi ?

— Je dois ? renâcle-t-il.

D'un geste, elle se détache de lui, quitte la cuisine et ravale en silence une offense contre laquelle elle se pensait prémunie.

— Pardon, chérie, j'ai du boulot.

Il a dit ça sans même lever les yeux. Il faudrait du courage à Nour pour lui répondre que, oui, elle aura du mal à pardonner ce genre de déconsidération, mais en ce matin du dixième anniversaire de la mort de son père, elle veut éviter d'inciser plus encore dans sa peine et, plutôt que de diriger vers Jeff sa colère froide, elle choisit de discipliner sa respiration et avale la couleuvre sans un mot en retour.

Le soleil sec de ce neuvième jour du mois de février cogne sur le coude de Nour, plié en deux et posé sur le rebord de la vitre. On est dimanche, Waze indique le cimetière à seize minutes. À sa droite, sur le siège passager, se trouve un bouquet composé de roses et de quelques renoncules. Les fleurs sont pour son père, enfin pour ce qu'il reste de son père, une dépouille rangée dans un caveau, enfermée *ad vitam*, qui attend on ne sait quoi, peut-être que d'autres qu'il a aimés au temps de sa vie d'ardeur lui fassent, parfois, l'honneur d'une visite. Le feu est rouge, Nour patiente au volant de sa nouvelle Dacia hybride, bijou de modernité, aussi agile que silencieuse dont ses jeunes collègues, journalistes pour la plupart, tous épris de justice sociale et d'écologie, lui ont fait l'éloge des mois durant. *Toute bonne action mérite sa juste punition.* Elle aurait pu penser à cette connerie d'expression, elle aurait surtout dû garder sa Polo diesel. On commence citoyen écolo et on termine assassin.

Le feu passe au vert. De sa main gauche, elle tient le volant, de l'autre, elle fait glisser l'élastique de ses cheveux jusqu'à le tenir dans sa paume, *Liquid Sunshine* de Biga Ranx à fond dans l'habitacle.

Ensuite, il y a cette chose lourde qui vient frapper le pare-chocs, surgie d'un endroit invisible, projetée sur la route depuis un espace situé quelque part entre deux voitures garées le long du trottoir de droite. Le bruit de l'impact, sourd, éclate comme une déflagration. D'un coup de pied brutal, elle enfonce le frein, en quelques mètres à peine la voiture s'immobilise. Aussitôt, un passant déboule en courant, se poste au milieu de la rue, 2 mètres devant la Dacia. Il fixe le sol, puis le pare-brise. Son regard rivé sur Nour marque l'effroi.

Impulsivement, elle pense à un chien, c'est effroyable d'écraser un chien, c'est l'issue d'un combat inégal, lui qui ignore le Code de la route, s'en contrefout de la régulation du trafic, personne n'a jamais pensé qu'elle pouvait décemment s'appliquer à un pauvre cabot. Alors oui, certains canidés bien élevés comprennent qu'ils ne peuvent pas traverser sauvagement et attendent « au pied » qu'on leur donne l'autorisation. Mais ça, c'est quand tout va bien, quand le maître est là, quand il prononce les bons mots, quand l'instinct du chien, celui qui régit chasse, défense et survie, est bien canalisé. Sans prendre en considération le fortuit, l'accidentel, l'événement inopiné, celui que la bête elle-même n'attendait pas. Parfois, plus rien ne compte, ni les règles de circulation, ni les injonctions de l'Homme, l'animal traverse hors des clous, surgit d'entre deux véhicules stationnés et l'instant d'après, une voiture déboule et le fauche.

L'homme, qui s'est accroupi, hurle d'appeler les secours. Il ne s'adresse à personne, à pas grand monde – la rue est déserte –, aux voisins peut-être. Nour ouvre la portière, se hisse à l'extérieur, progresse d'à peine quelques centimètres, ses lèvres chassent un « mon Dieu » automatique, quasi inconscient, répété plusieurs fois. Diminuée, dorénavant minuscule, dévorée par une trouille colossale, elle contourne par la gauche le pare-chocs avant.

Une jambe qui se dérobe sous une jupe noire. Une main plus haut. La veste est marron. Comme le sang qui a d'abord formé un haricot puis se transforme peu à peu en s'écoulant sous la voiture. La rue doit être en pente, ça lui avait échappé au volant de sa voiture, il y a quelques secondes à peine, à écouter Ranx comme le messie, fascinée de constater que le groupe traverse les années avec l'indolence de son tempo reggae, cette mélodie qui de toutes ses forces s'accroche à son souvenir. Les yeux de Nour sont grands ouverts pour saisir l'horreur tandis que ses oreilles, pleines du célèbre tube, n'entendent plus comme avant. Les sons lui parviennent en ondes circulaires, concentriques, de plus en plus tassées. *Je l'ai pas vue !* A-t-elle crié ou seulement pensé ? Plus une syllabe n'existe hors de sa bouche, pas le moindre phonème, les mots sont devenus pur silence. Ils sont rentrés en elle, compriment sa poitrine et lui brisent le souffle. L'homme, désormais assis au sol, parle fort, pousse des cris abstrus, tente de taper un numéro sur son téléphone mais sa main tremble. En face, une fenêtre s'ouvre, une dame crie qu'elle a appelé le 112 : « Ils arrivent. Tenez bon ! » Il semble à Nour qu'elle n'a jamais prononcé une telle phrase, *tenez bon.* Pas une seule fois. Ce sont des mots de mauvais auteurs inventés pour la fiction. Dans la vraie vie, on ne dit jamais *tenez bon.* Dans la vraie vie, on n'écrase pas les gens.

Deux ambulances sont stationnées en file indienne, juste derrière la Dacia. Une équipe du samu a installé le matériel de réanimation près du corps inerte. Quatre personnes procèdent aux démarches médicales, un lexique précis énoncé à voix claire déclenche des actions qui s'enchaînent. Nour demeure prostrée à la même place, elle cherche l'air, respire par saccades, et, rapidement, reçoit l'assistance d'un secouriste.

— Elle est morte ?

Une gamine marche sur le trottoir d'en face, elle pose la question à sa mère, horrifiée, qui presse le pas, pousse son enfant devant elle et susurre l'inaudible, tandis qu'on accompagne Nour un peu plus loin. On l'assoit contre le mur d'une maison voisine, sur le trottoir, ses fesses insensibles collées au bitume. Mécaniquement, elle serre son crâne dans ses mains, masse ses tempes brûlantes, pressant l'os jugal, d'un côté et de l'autre de son visage, en stricte symétrie. C'est sa tête qu'elle maintient, comme si elle était en train de la perdre.

Je l'ai pas vue…

La voisine qui a appelé les secours est descendue. Elle a préparé du thé pour tout le monde, distribue des tasses d'eau chaude et, lorsqu'elle passe près de Nour, caresse ses cheveux d'une paume tiède. De toute évidence, ce frôlement affectueux est une démonstration de réconfort et pourtant c'est autre chose qui lui semble advenir, l'émergence d'une affliction goinfre : la réalité. Totalement modifiée, il ne reste plus rien pour assurer les repères d'avant, en quelques secondes à peine, quelque chose a opéré une conversion intégrale, installé un énorme vide en lieu et place d'elle-même. Nour n'a pas besoin d'attendre les termes choisis par le secouriste pour lui annoncer le décès de la dame que, déjà, elle constate l'étrange mutation de sa perception du réel. Ce qu'elle distingue de la scène, l'infirmier accroupi devant elle, ses mains jointes comme s'il priait, ses lèvres sautillant sur l'extrême gravité des mots, tout lui parvient dans une tonalité altérée. Pour chaque image que son œil lui assigne, pour chaque son capté par ses oreilles, elle a l'impression d'une diminution de la profondeur de champ, le concret lui semble abandonné, réduit, amputé de son amplitude habituelle. La jeune femme est envahie par cette pensée, cette tentaculaire pensée, déployée comme un filet qui l'enserre, et gémit, dans un souffle perfide, que la vie d'avant n'est plus. À l'infirmier, elle murmure :

— Deux mortes…

Mais il secoue la tête et la corrige avec délicatesse :

— Non, non, juste une personne. Une seule.

Le jeune homme invite Nour à se lever, il la guide d'un bras ferme jusqu'à l'avant du fourgon, l'incite à s'y asseoir puis fixe une ceinture de sécurité, pose son sac à main et son manteau par-dessus et lui souffle *Bon courage.* L'engin démarre en trombe. La policière au volant enclenche les sirènes, elle roule vite, en douceur, les voitures s'écartent sur son passage, et Nour se souvient d'un film où Will Smith, planqué derrière le volant de sa fourgonnette, fendait les embouteillages comme le bûcheron le bois, d'un coup sec ; les voitures filant à droite ou à gauche, laissant devant un espace vide et silencieux. Où l'emmène-t-elle ? Au commissariat ? En prison ? L'un d'abord, l'autre ensuite ? Pour le reste de sa modeste existence, elle pensait vie de bureau, vie amoureuse, vie de fête, vie d'insouciance. En réalité, ce sera le Trou, le Mitard, la Taule. Le fourgon avale les carrefours, Nour n'attache plus aucune attention à la circulation, elle s'est égarée en elle.

Un portail en bois géant s'ouvre. Face à elle, un long couloir extérieur bordé de part et d'autre de murs en béton aussi hauts que le ciel. Elle porte aux pieds des sabots métalliques reliés entre eux par une lourde chaîne. Derrière elle, les ricanements du geôlier lui parviennent en vagues, il rit fort, reprend sa respiration, rit plus fort encore. Avec la tige d'un roseau élimé, il la fouette à la base du cou, la grosse branche entaille son oreille gauche et, jusqu'à son omoplate, le sang tiède se fait ruisseau.

Les sirènes ont cessé. Le fourgon immobilisé devant le commissariat ronfle paisiblement.

— Il faut sortir, Madame.

La policière maintient la portière ouverte. Nour pose un pied sur le trottoir.

— Je ne veux pas aller en prison !

La jeune femme lui sourit. Sur son visage affable, Nour observe la lèvre supérieure se tendre, elle se demande si elle va ricaner elle aussi, peut-être est-elle maton et pas flic ? Grouillant à présent d'une peur en loques, la voilà condamnée à devenir une ombre blanche, impotente et ravagée.

— Je l'ai pas vue !

Plus tard, des informations échangées pendant la demi-heure d'entrevue avec le brigadier Gaël Vinski, elle gardera la sensation d'un train à grande vitesse en croisant un autre, cet appel d'air passager et la furtive impression d'un crâne brutalement évidé. Gaël Vinski est étrangement constitué, il n'a pas de cheveux, ses épaules sont basses et rentrées, ses pieds frottent sans cesse le sol en carrelage dans un bruit de balai. Passant de l'un à l'autre, il fixe son écran d'ordinateur puis le corps transparent de Nour qu'on a posé sur la chaise face à lui.

— Le décès de Mme Constance Rodriguez, née le 24 octobre 1993 à Paris, a été constaté par le personnel ambulancier, ce dimanche 9 février 2020 à 11 heures 27, quelques minutes après l'impact qui a eu lieu à plus de 21 mètres d'un passage piétons.

Constance Rodriguez donc.

Vinski poursuit. Le regard agrippé aux yeux désertés, presque révolus, de Nour, il cherche une accroche, en vain.

— Il n'y a donc pas lieu d'engager votre responsabilité dans cet accident. D'autant qu'un témoin a confirmé que vous rouliez à vitesse légale.

Et tandis que Vinski déblatère, il observe la pauvre femme assise devant lui et il lui apparaît soudain évident qu'elle ne voit rien. Aveugle et peut-être sourde, Nour est livide et, doucement, son corps s'affaisse.

— Madame ? Ça va ?

Elle se redresse d'un bond, une faible lueur éclaire ses iris, elle passe sa main gauche dans ses cheveux puis, comme si tout ça n'était qu'un espoir vain, la laisse retomber aussitôt. Son genou la réceptionne, sa bouche, fléchie, s'enfonce dans son menton, ses chairs semblent fusionner, son visage rétrécir, se plier carrément sur lui-même. Elle a le sentiment que ses larmes coulent à présent et que ses pupilles n'y sont pour rien.

Le brigadier Vinski lui tend une boîte de mouchoirs pour essorer là où tente de se vider le drame.

— Je l'ai tuée.

Vinski pose sa main sur la sienne et Nour s'en étonne autant que lui. Étrangement, ça la réveille, elle revient au monde, découvre le type chauve assis en face d'elle, qui se rapproche en se redressant sur sa chaise.

— Si je peux me permettre…

Et, sans attendre sa réponse, il se permet.

— J'en ai vu, des gens qui en ont tué d'autres. Des inconnus. Pas par accident, intentionnellement. Et le plus souvent, ceux-là ne se demandent pas s'ils ont mal agi.

Elle lève les yeux vers le brigadier.

— Je suis condamnée, c'est ça ? Je vais aller en prison ?

— Vous êtes innocente et libre, Madame Delsaux.

Chaque jour, dans le monde, 750 piétons sont renversés par des véhicules sur les routes. Ça en fait 273 750 par an.

Nour l'écoute en bouffant son index droit et tente de rassembler ses idées tandis que ses larmes noient de minuscules morceaux de peau morte.

— Que les choses soient claires, Madame Delsaux : c'est l'autre dame qui est en tort. Elle en est morte mais c'est, entre guillemets, de sa faute.

— J'avais une arme silencieuse de 1 500 kilos entre les mains.

— Dans une zone où il est permis d'en avoir. Ça s'appelle une route. Et pour les piétons, il y a des passages affectés aux traversées, qu'ils sont tenus d'emprunter.

Vinski lui présente une feuille qu'il lui demande de signer.

— C'est pour confirmer que vous avez bien eu connaissance de ces informations, précise-t-il.

Nour fait glisser le Bic sur le papier sans bien comprendre quel sens il y a à l'informer qu'elle a tué quelqu'un.

Elle se souvient alors de ce mec, un de ses hommes du passé, avec qui elle est restée quelques mois et à propos duquel elle a raconté, par pure vengeance, parce qu'il l'avait quittée pour une autre femme à peine plus jeune qu'elle, qu'il avait un micropénis. Il s'appelait Pierre. Humilier cet homme ne lui avait apporté ni satisfaction ni désagrément, pourtant, autour d'elle, personne ne s'était offusqué de son attitude délétère et immature. Se pouvait-il que certaines mauvaises actions se dissolvent purement et simplement dans le temps sans qu'aucune réparation, jamais, ne soit exigée ? À bien y réfléchir, en repensant aux années de son enfance, elle ne se rappelle pas ses parents lui infliger la moindre punition. Ni privation, ni châtiment corporel, même le plus léger. À l'école non plus. Elle n'était pas exemplaire, mais d'une façon inexpliquée, personne ne la réprimandait jamais.

— Une pure formalité, disait à présent le brigadier.

C'était donc tout. Supprimer quelqu'un de la surface du globe, lui dégommer le cerveau à grand coup de pare-chocs, éteindre ses interrupteurs pour toujours, claquer les portes une à une, couper le chauffage, rabattre les volets et laisser un corps inerte s'en aller dans sa nuit inconnue. *Une pure formalité.*

L'entretien terminé, le brigadier Vinski l'invite à se lever, à quitter son bureau.

— Vous pouvez rentrer chez vous.

Au chaud.

En sécurité.

À l'abri.

Yarol est assis depuis quelques heures sur sa couchette, hâve et dévasté, ses jambes pliées retenues par des bras en ruine. Son regard transperce le mur face à lui, à 1 mètre 50 à peine, dans la cellule qu'il occupe, l'horizon, reflété partiellement dans un petit miroir ovale pendu au mur, est court et décharné, il n'y a rien à attendre ni d'une perspective ni d'un tableau. Ici, tout est intégralement condensé, l'aube ne vient jamais, la nuit non plus. Yarol jette un œil à son reflet, son visage y apparaît, furtif, un morceau de corps dont il ignore ce qu'il abrite. Peut-on connaître la vérité en interrogeant les galbes de soi-même ? La peau qui vieillit, s'épaissit et se parchemine avec le temps, qu'a-t-elle à raconter ? Et les poils, l'abdomen, les muscles taris ? Il n'a pas touché au dîner qu'on lui a apporté. La sidération et le chagrin se sont chargés de le remplir, il en est gonflé à bloc, ses organes sont à l'arrêt, croupissent comme des naufragés. Parfois, une image pointe, atténuée par le temps et la mémoire qui se dérobe. Des contours brumeux plus que des traits distincts, une silhouette, peut-être une voix, une façon de se mouvoir, un éclat de rire, se précisent ensuite des cheveux vaporeux qui, le plus souvent, balaient une nuque. Des mains minuscules, de petites chaussures marron, une odeur de savon tiède – quelque chose comme du réglisse –, le velouté d'une peau si fine, transparente par endroits. Il entrevoit des yeux clairs et une main qui lui tend une feuille, avec une fierté portée par des mots encore en jachère. Lui revient aussi l'esquisse d'un premier dessin puis son émotion, celle d'un jeune père qui porte son enfant jusqu'à son visage comme on soulève un trophée, qui l'embrasse et, plongé dans son cou, l'inspire tout entière, elle et tous ses parfums d'un souffle nouveau.

Et voilà qu'elle est morte, sa fille qu'il n'a pas vue depuis vingt-quatre ans et dont le souvenir, troué à mille endroits, n'est plus que pointillés, confettis, réduit en poussière, comme son corps à présent.

Zoltan Bajraktari est assis à côté de Yarol. Il ne le quitte pas d'une semelle. Il a mal au cœur de voir son petit vieux saccagé. Jamais, depuis plus de sept ans qu'ils sont voisins de cellule, il n'a vu Ponthus frappé d'un désespoir aussi vaste. À plusieurs reprises, il tente de lui parler, il est bien le seul, mais Yarol demeure impassible. On dirait qu'il a perdu l'ouïe. Alors, Zoltan s'approche et murmure avec douceur ; la proximité entre eux, dessinée au fil des ans comme un poème, a creusé dans la vase de leur quotidien des sillons plus forts qu'une tempête. Si les oreilles de Yarol, à la vie, sont devenues sourdes, désormais Zoltan écoutera doublement parce qu'en captivité les liens sont costauds bien plus qu'ailleurs et l'amitié a tout d'un brasier ardent.

Bompieux frappe à la porte que le règlement intérieur impose de maintenir ouverte jusqu'à 19 heures. C'est lui qui, la veille, a annoncé à Yarol la mort de Constance et le moment l'a ravagé. Sous ses yeux, comme une bête à qui l'on inflige le plus ignoble des sévices, Ponthus s'est recroquevillé tout entier, en un instant le taulard est devenu une terre dévastée, ses entrailles à l'air, le cœur éventré. Le directeur a posé sa main sur l'épaule du meurtrier et, sous le feutre de ses doigts, brûlait déjà le feu d'un chagrin maudit. Bompieux aussi a une fille, bien plus jeune, mais ici, il n'en parle jamais, c'est une obligation, aucun détenu, pour d'évidentes raisons de sécurité, ne doit connaître le moindre détail de sa vie personnelle.

Aujourd'hui, il est venu annoncer à Yarol que le tribunal d'application des peines a statué en urgence :

— Vous pouvez assister à l'enterrement. Vous serez escorté de deux agents. Votre comportement exemplaire et la date de votre libération ont joué en votre faveur. La messe a lieu jeudi à 10 heures dans le XIe arrondissement, le transfert se fera en fourgon, vous connaissez la musique.

Non, il ne se rappelle pas, il n'a aucun souvenir du dernier moment où il a vu le jour autrement qu'à travers les vitres blindées de la prison. Les courbes de la mémoire s'érodent dans la conformité du quotidien. Ne reste qu'un mirage, baveux et sournois, proche de l'imagination.

À peine Yarol a-t-il bougé la tête.

— Merci, Monsieur le directeur, c'est bien noté.

C'est Zoltan qui répond. Bompieux acquiesce et quitte la cellule à pas lents, mortifié à l'idée de laisser Yarol avec sa peine.

Bajraktari pose sa main sur le bras de Ponthus, dégommé par le chagrin, flingué à bout portant par la peur de ce qui s'annonce, de devoir vivre la mort de sa fille. Il est martyr, brouillé d'angoisse, croit distinguer une coterie de charognards planer au-dessus de lui, la lumière du jour fond comme du béton sous un soleil de plomb, ça lui brûle le corps, une fièvre insolente le bouffe par petits morceaux, il devient sa propre tombe.

— Je voulais sortir pour la serrer dans mes bras, pas pour l'enterrer.

Yarol gémit, brame presque. Pourquoi l'existence offre-t-elle tout à la fois l'impression d'une imperceptible brièveté et le sentiment d'une longévité insoutenable ?

Il espérait retrouver à travers sa fille quelque chose comme l'enfance de lui-même, revenir au temps d'avant, serein, joyeux et libre, celui des bananes écrasées et des poupées aux grands yeux. Depuis vingt-quatre heures, il est tombé de ses espoirs. Il dévale des pentes sans fin, dénuées d'obstacles. La chute, vertigineuse, le déporte dans la pénombre et le sang des souvenirs fait exploser ses veines.

— Putain de contretemps, ajoute Zoltan, malhabile.

Jeff est parti à Londres. Il est mandaté pour assurer la signature d'un contrat de fusion entre deux banques, une grosse affaire immanquable, il y a des priorités dans la vie. Alors, depuis deux jours, Inès, la mère de Nour, Juliette, sa sœur, et Rosalie se relaient pour ne pas la laisser seule. Chacune tâche de faire de son mieux mais il subsiste chez elles une frustration car il est infiniment douloureux d'échouer à tenter de soulager quelqu'un qu'on aime. Elles discutent sans arrêt, échangent des infos logistiques mais aussi des sentiments multiples, et leur complicité leur semble follement exotique, car converser de la sorte au sujet de ce drame inhabituel requiert un vocabulaire qu'elles ont peu l'occasion d'utiliser, ça produit une kyrielle de petites ou grandes réflexions existentielles inédites dont Nour demeure la plus éloignée possible. De toute façon, on la tient à l'écart. Elle a déjà souffert de le *vivre*, on ne va pas lui demander de commenter *le drame*.

Assise dans le canapé vert olive du salon, Juliette argue tout de même qu'elle trouve contreproductif que tout le monde se mette à protéger sa sœur de trop près.

— Je ne crois pas qu'il y ait de bonne ou de mauvaise façon d'agir, lui répond sa mère, ajoutant qu'elle ne comprend pas, par ailleurs, ce que le mot « productif » vient faire dans un tel contexte funeste. On n'est pas dans une aciérie.

À part soulever quelques vieilles insatisfactions, l'échange ne mène à rien, la mère et la fille trouvant refuge dans un coin du canapé en attendant quoi, elles l'ignorent. Et Rosalie d'arbitrer, à coups de thé ou de café, le match tragique de ces deux femmes que le drame d'une troisième ébranle.

Le matin suivant, depuis son lit où elle attend une accalmie qui ne vient pas, Nour entend sa mère chuchoter au téléphone.

— Tu te rends compte, tuer quelqu'un en allant au cimetière pour l'anniversaire de la mort de son propre père ? Quel message est-on supposé en tirer ?

Et c'est alors que Nour réalise qu'elle a oublié sa visite à son père et les fleurs qui jonchaient le siège passager, depuis que l'accident est arrivé.

Joseph Delsaux avait trouvé la mort dix ans auparavant, le même jour que son canari, ramené de

Bretagne. Le canari est mort d'abord. Le père de Nour avait eu le temps de le placer dans un trou creusé à la cuillère au fond du jardin et recouvert ensuite de la terre fraîchement extraite, tandis qu'à ses côtés, Inès se lançait dans un *Agnus Dei* en *fa* mineur plutôt hasardeux. À 11 heures, il était parti faire son jogging, le tour du quartier, comme chaque jour depuis trois ans, une course à pied pondérée, censée entretenir son corps déclinant. Deux cent cinquante mètres plus loin, terrassé par un arrêt cardiaque au coin de la rue des Hortensias et de la rue Molière, il avait succombé.

À l'époque, Nour étudiait à l'Università degli studi di Modena e Reggio Emilia, dans un programme d'échange de trois mois, en faculté de lettres. Elle avait téléphoné à son père la veille pour une histoire de virement bancaire non abouti et ils s'étaient parlé joyeusement. En raccrochant, elle avait conclu d'un « Ciao ! » transalpin de circonstance et Joseph lui avait soufflé : « Bisous, biquette ». Dans l'avion qui la ramenait à Paris, le soir même, à 30 000 pieds au-dessus des Alpes, elle se demandait à quoi pouvait ressembler la dépouille de son père, ainsi vidé de son sang tiède : la graisse autour de l'ossature allait-elle fondre elle aussi, tout comme ses muscles ? Peut-être y a-t-il plusieurs corps dans un corps ? Un agrégat de carcasses empilées comme des poupées russes et qui, au fur et à mesure que s'opère la transition entre la vie et la mort, se détachent pour ne laisser plus qu'une fine couche de cellules compactes formant comme un tapis de gamètes, d'hémocytes et de murmures. Deux heures plus tard, au stade primaire de la nuit, elle encaissait sous elle le choc des roues de l'avion claquant la piste et l'atterrissage, brutal, ne laissait aucun doute sur l'ampleur de son chagrin.

— Je lui en veux, poursuit Inès. Non seulement il est mort mais, de là-haut, il continue à faire chier.

— Maman ! Nour hurle depuis sa chambre. Si c'est pour raconter des conneries, tu peux rentrer chez toi.

Faut-il toujours traquer les responsabilités ?

Juliette arrive les bras chargés de salades préparées par le traiteur du coin. Rosalie a décliné l'invitation à déjeuner, elle doit rédiger le portrait d'Alain Souchon. « Il est doux comme ses cheveux », a-t-elle précisé au téléphone et ça a fait du bien à Nour d'entendre ces mots un peu poétiques très éloignés de l'accident.

À table, Nour est assise face à sa mère et sa sœur. Devant elle, une assiette remplie fume généreusement. Inès parle beaucoup.

— Tu dois manger, ma chérie.

Nour a l'impression d'avoir douze ans. Elle les observe et les deux femmes, côte à côte, sont un double bouclier en papier fragile.

L'accident a jeté sur les humains qu'elle connaît et

qu'elle aime une poudre corrosive et, peu à peu, les voilà qui se dissolvent sous ses yeux puis se répandent comme des flaques.

Inès parle, Juliette aussi. Et Nour n'entend plus rien. Que le bruit des mots.

Saint-Stanislas. Les cloches ont cessé de sonner, la cérémonie a commencé lorsque Yarol entre dans la petite église en briques rouges de l'Est parisien, délicatement perchée sur un promontoire, une éminence de la nature, 300 mètres carrés de monticule herbacé, en pleine ville.

Dans le quartier on appelle cet endroit l'Eden Roc, pas tout à fait le palace à Antibes, une sorte de cocagne hiératique néanmoins, un endroit si joli qu'on dirait le paradis. Escorté par deux policiers en civil, Yarol avance lentement, le pas mal assuré, avec la fébrilité d'un enivré. Il se sent d'une fragilité extrême, il est le vide qui dévore et fait croître à la fois, car étrangement, tout en lui est en alerte, vif, éveillé ; ça fait vingt-quatre longues années que son œil n'a plus absorbé autant d'images nouvelles. Vingt-quatre longues années d'une permanence lassante comme un vilain refrain et il s'ouvre aujourd'hui à un air neuf, celui de la cité des Hommes, qui s'apprête à enterrer sa fille.

L'imposant portail en bois de l'église est surmonté d'une voûte en pierre et le pousser demande un effort dont il n'a plus l'habitude. En prison, les portes, automatisées, s'ouvrent et se ferment seules, à heure fixe ou sous l'impulsion d'un digicode. Par sécurité, l'espace est morcelé, compartimenté. En tous lieux, la priorité est donnée à ce qui réduit l'espoir commun et confisque la force au groupe.

À l'intérieur de l'église, la salle est vaste, elle laisse courir des centaines de mètres carrés, d'un seul tenant, une gigantesque pièce comme il n'en a plus vue depuis longtemps. La fraîcheur de l'hiver en bout de course fréquente l'odeur de l'encens qui l'étreint violemment, au point qu'il vacille puis se rattrape au dossier d'une chaise sur laquelle il finit par s'asseoir.

À quelques mètres de lui, à la croisée des transepts, il aperçoit, posé sur un pied de métal, le cercueil en bois clair qui abrite la dépouille de Constance, le corps éteint de sa fille, maigre destin contrarié. Elle est juste là, à portée de main. Mais, de mains, Yarol n'a plus. Elles ont disparu, soudain repliées sous les manches de son manteau. Machinalement, il observe ses pieds, ne les distingue pas non plus, ses extrémités, les lisières de sa chair sont confisquées, comme si le seul moyen décent de rendre hommage à sa fille défunte était de se soustraire à lui-même, de disparaître. Et l'idée lui vient alors qu'il aurait dû faire ça avant, mettre fin à ses jours, il y a bien longtemps, pour ne jamais avoir à vivre ce moment. Un bref instant, il s'évade, hors de ces quatre murs il s'enfuit, défonce la porte de devant et emporte Constance avec lui. Il l'imagine, sublime prêtresse allongée dans un écrin doré qui, à son invitation, se lève et le suit à l'air libre, déliée de tout.

La psalmodie malhabile d'une fidèle en noir ramène brutalement Yarol à une réalité qui suinte la résine d'épineux et le chagrin.

Lorsque la dame a terminé, le curé s'avance et amorce une évocation très personnelle de Constance. Avec émotion et dans une langue gouailleuse, sorte de baragouin populaire teinté d'accent belge, il raconte la jeune femme solitaire et sensible avec qui il a passé tant d'heures à causer en arrachant les mauvaises herbes dans le jardin derrière l'église.

— C'était un numéro, notre Constance, une vraie danseuse de la vie, c'est vrai, hein ? Ceux qui l'ont connue le savent. Elle avait une grâce peu commune, elle marchait pas, elle volait. Maria, sa mère, m'a dit une fois : c'est pas une fille que j'ai mise au monde, c'est un oiseau.

Il poursuit, toujours avec cette dérision qui lui est propre, celle du Nord, cet humour du fin fond du plat pays où il est né, les *r* roulés comme des bottes de foin et les *o* prononcés bien ouverts :

— Elle était gentille comme un cœur et sensible,

alors là. On jouait souvent aux cartes, c'est la seule qui pleurait quand elle gagnait.

Yarol se demande quel peut être le lien génétique entre le criminel multirécidiviste qu'il est et la jeune femme décrite à l'instant par le curé, estimable et délicate ? On dit qu'en général, les enfants, consciemment ou non, se débrouillent pour procéder à l'inverse de leurs géniteurs, qui eux-mêmes ont tâché d'entreprendre différemment de leurs parents. Alors, oui, comme ça, tout s'explique.

Juste devant le cercueil, il y a une photo dans un cadre mais, de là où il se trouve, Yarol ne distingue que des contours. Constance a des cheveux longs, lui semble-t-il, et un visage ovale. Il voudrait se lever et s'approcher pour toucher l'image, la caresser peut-être, mais son duo de cerbères lui intime de ne pas bouger.

Pour la première fois depuis son arrivée dans l'église, il fond en larmes, le dos bien droit contre celui de sa chaise étroite, crevant de tristesse comme dans les steppes on meurt de froid. Il se sent infiniment faible et on aimerait lui souffler à l'oreille que c'est bon signe, parce que c'est sur les branlants et les affaiblis que le génie se pose toujours. En attendant, il tente de mesurer sa peur, de faire le tour de son effroi, centimètre par centimètre, en prononçant tout bas, dans l'intimité de son corps rabougri, des mots qui n'appartiennent qu'à lui et dont on ne saura jamais ce qu'ils voulaient dire. Il est pétrifié, il n'ose rien, ni rompre le silence, ni déchirer la trame de son drame. Il pleure et il grelotte, sa vieille carcasse tremble sous les notes fraîches du mois de mars, ça ressemble à une résistance à la nuit qui l'attend, il est au bras de son ombre qui ne cesse de hurler : *Mon enfant.*

À présent, le curé invite à se lever pour baiser la patène. Chacun se met debout pour former une queue au centre de la nef, ils sont peu nombreux à assister à l'enterrement de Constance, Yarol les compte un à un : quatorze personnes. Auxquels s'ajoutent le curé et son diacre. Quatorze êtres humains venus saluer la mémoire de sa fille, pour la plupart des fidèles du curé, on le devine, des retraités rabougris sans aucun lien avec elle et qui font passer la langueur de leur ennui en assistant à tous les services. Au premier rang, un homme plus jeune, la trentaine peut-être, bouffe ses ongles et glisse dans ses cheveux des doigts tendus comme des griffes. Juste derrière lui, deux femmes d'une vingtaine d'années se tiennent côte à côte, tout près l'une de l'autre, comme un petit ruban humain. Yarol voudrait renflouer la file, compter comme le quinzième, bon sang, qu'ils soient les plus nombreux possible dans ce cortège, mais il est rappelé aussi vite à la raison carcérale par les agents qui le forcent à se rasseoir.

Il aurait voulu voir le visage de sa fille de plus près, il aurait même posé ses lèvres sur cet objet métallique que le curé tient en main et dont il ignore la symbolique. Peu importe, pourvu qu'il soit proche d'elle.

Quatorze personnes en tout pour saluer la mémoire d'une vie, la plus précieuse d'entre toutes.

Il se sent mal. Dans son manteau crasseux, il s'affaisse, ramène ses genoux à son ventre tendu et, sous l'œil inquiet des deux colosses, s'accroupit vers le sol marbré. Des filaments dorés pareils à des larmes de braises creusent sur ses joues des sillons de détresse. Il hait les circonstances, de toutes ses forces, et pourtant il n'a plus été si près de Constance depuis un quart de siècle, il voudrait que le moment ne cesse jamais, qu'on le laisse crever là, à côté de sa fille, scellé à la pierre glacée.

L'assemblée se lève, le curé bénit le cercueil qu'on transporte à l'extérieur, la cérémonie est terminée, l'église se vide et Yarol demeure à terre.

Il n'est autorisé à quitter le bâtiment qu'en dernier. À l'extérieur, le prêtre l'attend. On l'a briefé sur le cas Ponthus, rien ne l'a surpris, il connaît le monde carcéral, la prison de Saint-Rémy figure parmi ces maisons d'arrêt dans lesquelles, depuis dix ans, il rend des visites régulières aux détenus volontaires. Supporté par les deux flics qui, pour l'heure, font office de béquilles, Yarol franchit le portail de l'église et trouve aussitôt devant lui, posée sur le perron et frappée du vent de février, la boîte en merisier qui recèle sa petite, et la photo dessus. Il s'approche du cadre où l'enfant devenue femme le fixe avec intensité. Elle a le regard de sa mère, Maria, il s'en souvient à peine et pourtant ça lui saute aux yeux.

En 20 centimètres sur 30, il la trouve radieuse, sa fille. Si belle. Il pleure encore. Depuis quelques jours, il se sent tenu à l'extérieur de lui-même, comme si, par punition, on lui avait demandé de sortir. Il a quitté la pièce, la sienne, sa putain d'existence minable, délaissée sur une route secondaire où plus personne ne passe. Mais là, avec sa fille dans un caisson en bois, c'est la quintessence de la débâcle, le crash absolu.

Le curé lui tape dans le dos, du plat de la main, en camarade :

— Salut mon gars, c'est toi Yarol ? Moi c'est Diego.

À l'accoutumée, le prêtre débite facilement le bla bla adéquat mais cette fois, c'est différent.

— D'habitude, c'est moi qui console, mais aujourd'hui, je te cache pas que j'ai envie de chialer.

Et sans prévenir, il s'enroule tout contre Yarol, cet homme qu'il ne connaît pas mais dont il pressent que la mort de Constance le lie pour toujours.

Et pendant une infime seconde, de la manière la plus inattendue qui soit, Yarol est apaisé. La peine sincère éprouvée par un autre être humain que lui l'emplit d'une contenance minuscule mais réelle, il a l'impression d'une main qui vient chercher la sienne comme un tuteur pour l'aider à tenir maigrement, à la verticale. Et il se sent moins seul.

— Viens, on va prendre un verre, propose soudain le prêtre. Le cercueil peut attendre. J'aimerais te parler.

Les deux sentinelles commencent par se rebiffer, ça ne figure pas dans l'obtus protocole de sécurité qu'ils sont tenus d'appliquer à la lettre, mais, malgré sa familiarité patente, le prêtre leur inspire confiance et puis la cérémonie, émouvante à double titre – la jeunesse de la défunte et le désespoir de Yarol – a fini de terrasser leur indifférence. Ainsi, mouchoir à la main, ils escortent le père et le curé jusqu'au zinc du Chat-Pitre, un bar planté face à l'église. Et voilà les deux agents redevenus humains, priant le Seigneur, leur regard rivé sur le criminel, que rien n'arrive qui puisse engager leur responsabilité. Même s'il le voulait, Yarol n'a plus grand-chose de féroce, depuis six jours il est tombé tout au fond d'un chagrin dont il est devenu l'épave.

Yarol avait onze ans lorsqu'Alix, sa mère, l'envoya dans un internat à 80 kilomètres au sud de Paris. Entre ses horaires de travail comme serveuse et sa dépendance à l'alcool, elle ne s'en sortait pas. L'enfant, turbulent, mauvais élève, s'intéressait peu à ses études et profitait des errements maternels fréquents pour fuguer ou sécher l'école. Plusieurs fois la directrice avait suggéré à Alix d'envisager la pension. Durant des semaines, son cœur s'était tendu comme un fil, écartelé entre la conscience épointée qui lui rappelait combien l'absence d'un père était une souffrance pour son fils et le soulagement qu'une telle décision signifierait pour la piteuse incommodité de son quotidien. Au printemps 1980, à la sortie d'un coma éthylique de plusieurs heures, pressée par l'assistante sociale qui la menaçait, Alix accepta d'envoyer son fils chez les bonnes sœurs. *C'est pas comme si j'avais le choix*, précisa-t-elle à Yarol, affligé, qui se retint de lui balancer que l'ivrogne, c'était elle.

Au pensionnat de la Vierge fidèle, il resta six ans. Six longues années durant lesquelles il voyait sa mère un week-end sur deux et pendant les vacances. Une vie scolaire de rigueur et d'ennui, en blouse d'écolier, où les bulletins de notes étaient des ponctuations sans joie ni encouragements. Quelques livres avaient fait sporadiquement son bonheur. Il avait aimé les traits délicats d'Emma Bovary et *Le Lion* de Kessel l'avait fait pleurer. La lecture d'*En attendant Godot* avait été une occasion de déclarer à sa professeure que Beckett était un sacré fumeur de pétards, allégation infondée selon elle, qui avait donné lieu à des débats tendus sur les affres de l'exercice de la critique, que l'enseignante avait fini par qualifier de nuisible.

Le reste du temps, Yarol dormait seul dans une chambre étroite comme une alcôve, une niche pour cabot indocile, dont une bonne sœur ouvrait la porte chaque matin à 7 heures et la refermait tous les soirs à 21 heures. Après les cours, il jouait au foot ou courait de longues minutes le long du mur de la cour carrée, un footing de taulard, comme il disait. Parfois il tapait le carton avec certains camarades qui devenaient des amis ; ça ne durait jamais longtemps, il y avait toujours un malin pour rapporter aux autres que sa mère était une pute alcoolo, ce qui n'était vrai que pour moitié, et Yarol finissait un jour ou l'autre par casser la gueule du colporteur, peu importait qu'il eût été un temps son copain.

Un matin d'avril 1986, Yarol manqua volontairement le train qui le ramenait à l'internat et retourna chez sa mère en bus, depuis la gare. Il posa ses affaires sur le banc en bois vert du salon et annonça à Alix, le plus posément du monde, qu'il envoyait tout valser, devoirs, examens, conseils pédagogiques, obligations scolaires, il les détestait tous, les bonnes sœurs autant que les profs et Alix aussi d'ailleurs, toujours aussi portée sur l'alcool et qui, pour une adulte, n'avait la volonté de rien. Il n'obtiendrait pas de diplôme, qu'importe : pas plus maladroit qu'un autre, il travaillerait de ses mains. Quelques mois plus tard, il arracha le sac à main d'une dame pour la première fois. Ça lui sembla d'une facilité inquiétante. Il avait de longues jambes, une condition physique exemplaire, il ne fumait pas, ne buvait pas, par conséquent, il courait comme un lapin. En moins de cinq secondes, il disparut du champ de vision de la bourgeoise, qui n'eut pour sa défense qu'un bref cri pointu dont les passants se fichèrent ardemment.

Dans le portefeuille Vuitton, Yarol trouva 550 francs. Sa journée était faite. Il en fila la moitié à Alix qui prit son air le plus blasé – surtout, ne pas questionner la provenance de cet argent qui tombait du ciel. En tendant les billets, il précisa : « C'est pas pour acheter ta picole ! » Elle les saisit et les fourra dans la boîte à biscuits rangée dans l'armoire au-dessus de l'évier. Elle ne dit pas merci, elle ne dit rien. Durant les jours qui suivirent, elle parvint à s'abstenir ou, si elle n'y arrivait pas, planquait ses bières dans le vieux seau du jardin.

Lui dépensa ses deniers volés en fringues, en gadgets de luxe ou en cadeaux pour ses copines, une garnison de jeunes femmes défilant sous le nez de sa mère qui, exactement comme pour le fric dépouillé, ne posa aucune question.

Quand Yarol passa au niveau supérieur, qu'il se mit à dealer du shit en quantité, il ne prit la peine ni de masquer la nature de son trafic, ni de dissimuler sa marchandise dont le stock prit ses quartiers, de plus en plus étendus, un peu partout dans la maison.

Alix nettoyait autour des paquets entreposés, il lui arrivait même de dépoussiérer le sommet d'une pile mais elle fit attention à ne toucher à rien et lorsque Yarol investit une partie de la salle de bains, elle se contenta d'interroger prudemment l'initiative : « Je me méfierais de l'humidité, si j'étais toi. » En retour, elle n'obtint qu'un grognement larvé, exhortation à peine masquée à s'occuper de ses propres affaires.

Le soleil de Paris s'éteint doucement. Le ciel, partiellement dégagé, est couleur obus avec, parfois, des reflets grenade. Jeff est revenu de Londres et Inès et Juliette sont rentrées chez elles.

— Comment tu te sens ?

Nour hausse les épaules, il s'approche et l'embrasse plusieurs fois sur le dos de la main.

— Je t'ai rapporté un truc.

Dans la paume ouverte de Jeff, une petite boîte carrée en papier kraft.

— Tu veux que je l'ouvre pour toi ?

Elle pense d'abord *Ah oui, ça m'évitera d'avoir à bouger*. Elle en est là, à chercher de quoi elle peut faire l'économie, une parole, un geste, aussi menu soit-il. Écraser une jeune femme sous les roues de sa Dacia, même avec pas mal de délicatesse, au point de s'en être à peine rendu compte, n'exonère personne de se faire un café, d'étendre son linge, de payer une facture ou de recevoir un cadeau. Il faut bien s'acquitter du quotidien. En réalité, elle se sent broyée sous le poids d'une charge démesurée, elle est épuisée, constate jour après jour une fielleuse lassitude grandir en elle, malgré les mises en garde de ceux et celles qui n'ont cessé de lui répéter qu'il fallait qu'elle se repose. Mais de quoi ? D'avoir été le vecteur accidentel de l'expression de la malchance ? Ou d'être un monstre ?

— Non merci.

Nour s'est toujours comportée comme si elle n'avait besoin de personne et le drame n'y change rien. Lorsque, huit mois auparavant, elle avait compris qu'elle était enceinte, malgré une pilule du lendemain avalée en urgence, elle n'avait pas laissé le moindre espace à la discussion, peu importe que Jeff l'eût souhaité. Il avait espéré qu'elle change d'avis, il rêvait d'une famille nombreuse, des enfants qui courent partout, cette formule prononcée par ceux-là mêmes qui, plus tard, les remarqueraient à peine, ces fameux enfants tant désirés, bien trop accaparés par leur travail ; *mais enfin non, pas du tout, je veux être un père présent, tout le contraire du mien*, c'est ce qu'il prétendait mais elle savait que les résolutions n'ont le temps que d'être prises et délaissées ensuite, et elle voyait déjà reposer les tâches, les concessions et les obligations sur ses seules épaules. Les conversations entre eux avaient tourné court, s'étaient échouées dans des endroits déserts, il avait insisté, maladroit, s'était fait pressant comme il ne faudrait pas, les colères de Nour avaient enflé et leurs disputes, peu à peu, avaient éreinté leurs cœurs. Elle ignorait pourquoi, à ce point, le moindre lien avec lui l'accablait. Elle l'aimait et, dans sa bouche, rien n'était plus sincère, mais d'enfant, pour le moment, il n'y aurait pas. Avant même que l'avortement ne soit programmé, elle avait perdu le fœtus dans la cuvette des toilettes, le mini-corps s'en était allé, mêlé à l'eau rosée teintée d'un sang vif, et ces flots-là avaient eu, pour elle, couleur de délivrance. La nuit suivante, Jeff l'avait veillée comme si elle était en deuil, le malentendu entre eux était abyssal. Ensuite, les semaines avaient passé et, sous ce tonnerre caché, l'un et l'autre avaient grondé, en silence, d'une plainte fâcheuse.

Dans la boîte en kraft que Nour ouvre toute seule se trouve un anneau surmonté d'un rond de diamant. Elle contemple l'objet en silence puis tend son index pour que Jeff y enfile le bijou, le remonte par-delà son articulation en forçant un peu, l'installe au plus profond de son doigt et semble satisfait.

— Ce n'est pas une bague de fiançailles. Ça n'a rien d'une demande en mariage. C'est juste pour que tu saches ce que tu sais déjà.

— Merci.

Elle l'embrasse un peu plus longuement que d'habitude puis elle s'en va dormir. Non qu'elle en ait particulièrement besoin ou envie, elle veut juste que la nuit passe, que le temps s'écoule, que sa désastreuse apathie se résorbe au plus vite. Elle aspire à retrouver le goût d'avant, celui du ballon d'hélium ou de l'allégresse pas toujours dévoilée, mais planquée juste derrière, en embuscade, prête à la toucher de sa grâce. Depuis l'autre jour, de grâce, il n'y a plus. Ne reste que la térébrante douleur d'une conscience trop éveillée pour s'endormir. Elle veut sombrer dans le rêve d'une vie dispensée de cet accident. Quitter la réalité. Mourir à son tour peut-être. Pour quoi faire ? Pour aller où ?

De toute façon, jamais elle ne sera admise au paradis.

Son séjour à Modène et ce qui s'est ensuivi l'a privée à jamais d'une accession céleste. Mourir oui, mais pour l'enfer. Dans son lit, yeux grands ouverts, cœur palpitant, elle se rappelle ces trois mois d'orgie dans un bar du coin tenu par un certain Mateo au regard doux avec qui elle a trompé son petit ami de l'époque resté au pays. En juin de la même année, par un truchement physique malhonnête, elle a cédé sa place aux examens de fin de trimestre à une étudiante anglaise bien plus assidue qu'elle aux cours, en échange de 250 euros. Deux ans plus tard, à vingt-trois ans, elle s'est octroyé l'ignoble liberté de coucher avec le jeune mari d'une amie d'enfance, elle-même enceinte de quelques mois. Plus tard, on tenta de la rassurer lorsqu'à de funestes inconnus, certains soirs de biture, elle osa avouer son méfait. Elle ignorait si elle devait les trouver gentils à tenter de lui ôter sa culpabilité, ou cyniques à convenir qu'il était assez commun de trahir une amie. De son point de vue, cette félonie apparaissait comme de la plus tragique nature, elle ne cherchait d'ailleurs jamais à en atténuer la teneur, elle était impardonnable, n'invoquait aucune excuse, n'envisageait pas plus de se défendre ni de se justifier. Si l'histoire avait éclaté au grand jour, elle aurait posé sa tête sur l'échafaud, sans se faire prier, imaginant les portes de l'enfer, avides, s'ouvrir sur son corps décapité. *Qu'on en finisse au plus vite.*

À présent, l'enfer n'est même plus une option.

Tuer un individu, c'est être instantanément muté dans une dimension à part, une catégorie inclassable, une sous-division de l'humanité, à la toute dernière extrémité, un abject avènement. Un trou. Une enfonçure.

Il lui faudrait bien plus que mourir pour espérer revivre un jour.

En attendant, elle veut juste sombrer.

Il est 3 heures du matin et rien ne vient, ni le sommeil, ni l'apaisement, ni l'inconscience. Elle demeure à la surface, en alerte. Elle fait le guet, surveille les fantômes, les maintient autant que possible à distance. Et puis soudain des bruits de brosse à dents, Jeff apparaît au loin et la réalité se remet en ordre de marche, un à un les morceaux du drame s'imbriquent les uns dans les autres, le monstre reconstitué en un quart de seconde. Nour déploie ses poumons mais l'air pingre n'entre que par menus filets. Il y a, ce matin encore, en son for intérieur, pénurie d'oxygène.

— Tu as dormi ?

Il se penche, l'embrasse, elle l'entend à peine, répond par un silence. C'est déjà ça.

— Ça finira par passer.

— Quoi, *ça* ?

— Ta culpabilité.

— Qu'est-ce que tu en sais ?

— Je le sais, c'est tout. Le temps fait bien les choses, c'est un principe universel.

— Ah.

— Je t'apporte un café, reste au lit.

Nour est dans la salle de bains. Elle fait couler la douche, se traîne sous le jet, Dieu que c'est bon cette eau chaude qui l'enserre d'un coup. Elle ferme les yeux. Plus rien de léger ne demeure en elle. Elle est sac de pierres, container en acier, bloc de granit, rigide et froide, comprimée à en crever.

Tandis que sur son corps se répand la chaleur, jaillissent les larmes du désespoir. La mort de cette femme, irréversible, est la plus violente des astreintes.

Yarol avait vingt-trois ans lorsqu'il fit la connaissance de Maria par l'intermédiaire d'un ami commun, barman d'un troquet du quartier, un type fiable et généreux, d'origine espagnole, comme elle. Ensemble, ils passèrent quelques mois à irriguer leurs samedis soir d'une série de bières locales, lui plus qu'elle, Maria était à peine une adulte mais elle avait l'humour agile et pétulant et, entre deux blanches dont elle prétendait se régaler, elle racontait l'histoire de sa modeste existence avec l'autodérision d'une condamnée. Et Yarol riait. La petite l'amusait. Un jour, ils s'embrassèrent et le reste n'eut rien d'une décision, les choses se succédèrent par hasard, défaut ou naïveté. La grossesse survint rapidement, comme une fièvre, et la jeune catholique refusa d'y mettre un terme. Yarol, très contrarié, menaça Maria de l'abandonner, de la renvoyer piteuse chez ses parents, il lui parla comme si elle était un objet sans valeur, une poignée de graines qui glisseraient entre ses doigts rien qu'en les écartant. Il se comporta mal, avec des mots troubles il la souilla, à ses yeux elle devint laide comme l'impiété, changée en bourreau parce qu'elle refusait d'avorter. Il se sentait comme un délinquant qu'on écroue sans jugement, il finit par la contraindre à courber l'échine, l'envoya dans sa chambre, pas mieux qu'une gamine punie pour avoir désobéi, et Maria, par fidélité à ses convictions, monta à l'étage. Chaque jour passé, elle fut nourrie comme une pestiférée de la main généreuse d'Alix. Son ventre, mollement, poussa, autant que ses fesses et le reste de son corps, bedonné par trop de désolation et de passivité. Semaine après semaine, la jeune Espagnole devint ronde et luisante, bourrelée comme un accordéon, ses seins volumineux reposant sur son abdomen avec la désinvolture d'un paresseux. Souvent, de sa belle-fille, Alix avait pitié. Vingt fois, dans l'intimité des quatre murs de la chambre à l'étage, elle lui suggéra de retourner chez ses parents, *par souci de dignité*, mais Maria ne voulait rien entendre, ce bébé aurait un père, que Yarol le veuille ou non, et, elle en était certaine, il finirait par jeter un regard à l'enfant. Une fille. Qui s'appellerait Constance. Maria avait beau être confinée au premier, ce prénom c'était sa décision, sa liberté tout entière, son autoritaire avènement de mère.

Au même moment, Yarol fit la connaissance du Menteur, sinistre sobriquet fièrement porté par Joseph Johair, parrain d'une pègre locale hyperactive qui se goinfrait de contrebande en tout genre et de braquages occasionnels. Le type, grand et maigre, portait des lunettes à montures épaisses et, tout en bas de son long corps, les deux pattes souples d'un pantalon évasé balayaient le dos de ses chaussures en cuir marron. Connu pour ses interrogatoires redoutables, il ressemblait à un beatnik de Katmandou. L'homme avait besoin de renflouer son stock d'exécutants et les bruits de couloir faisaient état d'un gamin débrouillard qui aurait monté un trafic de shit pour le moins fructueux. Dans un premier temps, Yarol se méfia. Son business tournait bien, ses ambitions, embrumées par une consommation excessive, n'avaient pas faim, il était bien comme ça. Quand on lui parlait d'argent facile en plus grande quantité, il balayait l'argument. Sa mère possédait déjà un sac Cardin, des mocassins Courrèges, ils avaient emménagé récemment dans une maison plus grande, plus chic, dans la rue des Furets, délaissant avec une joie avérée le deux-pièces humide et déguenillé logé en sous-sol, creusé sous un jardinet foutraque, mal desservi par des canalisations en jachère qui, chaque fois, recrachaient l'eau de pluie comme le poivrot sa ration. Cependant, Maria était enceinte et cet enfant, peu importe qu'il fût aussi redouté qu'inconvenant, nécessiterait des dépenses nouvelles. Alors, Yarol accepta une rencontre avec le Menteur, qui ne ménagea pas ses efforts pour lui en foutre plein la vue. Les contours d'une vie grandiose se dessinèrent avec précision, la perspective de devenir père enfla son ego, belles études pour la petite et grande chambre rose firent la danse du ventre et corrompirent ses décisions. Il accepta une mission raisonnable au port d'Anvers. Il s'agissait de réceptionner une cargaison de bois précieux en provenance du Congo, destinée à être revendue illégalement en Europe, et d'en assurer le transfert vers un entrepôt aux Pays-Bas. La commission était généreuse, la besogne sans difficulté apparente. Naïvement, Yarol pensant que le trafic du bois, matériau noble, devait être moins surveillé que la drogue, il accepta le job à titre exceptionnel. Aussitôt sa mission accomplie, avait-il prévenu, il retournerait tranquillement à son commerce de chanvre.

Bien sûr, les événements ne se déroulèrent pas comme prévu. La police, bien informée par une balance bien informée, elle aussi, fila le convoi jusqu'au dépôt, se plaça en embuscade et canarda tant qu'elle put. Au terme de sept minutes d'un échange de tirs nourris, trois hommes, dont un flic, perdirent la vie. Yarol, qui ne portait pas d'arme sur lui, échappa aux balles en se planquant derrière un tas de pierres puis fila par l'arrière du bâtiment. Dix fois, il eut l'impression que c'en était fini, il pensa à Maria et à sa fille pas encore née, à ce qu'il manquerait pour un paquet d'argent facile, il revit les sacs de luxe de sa mère et, l'espace d'un instant, se demanda à quelle femme il avait eu affaire, qui avait laissé son fils devenir ce fugitif décampant dans la campagne hollandaise.

À toutes jambes, Yarol cavala dans les champs, le souffle court, ses poumons prenant feu, il poussa des râles d'animal sauvage. Plus tard, plus loin, il s'écroula sur la terre sèche, entre les épis de maïs. À plusieurs centaines de mètres de là, les flingues lynchaient les derniers survivants. Deux collègues abattus, deux autres blessés, il l'apprendrait plus tard par la bouche déformée du Menteur qui ne se gêna pas de menacer sa famille s'il ne rempilait pas, *en mémoire de ceux qui ont perdu leur vie.*

Quand il rentra chez Alix, la queue entre les jambes, un silence mortuaire pendu à ses lèvres, il ne montra rien de ses angoisses, ne dit rien de ses craintes. Entre le flot des bouteilles, sa mère peina à être utile et Maria, à qui il avait accordé une partie du salon, passait ses journées dans le canapé le ventre gonflé à bloc, le temps figé par son accouchement imminent.

Le père Diego a choisi une table au fond du troquet, à l'abri de l'agitation. Face à lui, Yarol semble minuscule, il a traîné son vieux corps terrassé de douleur, sa carcasse de bête morte, jusqu'à la chaise. Assis juste à côté, les deux flics en faction ouvrent l'œil. Autour d'eux, des habitués discutent avec ferveur, des gars en congés, au chômage, en arrêt maladie, des mecs pas pressés d'aller travailler, des indépendants, des trop dépendants. Aucune femme. C'était pareil il y a vingt-cinq ans, observe Yarol. Il se souvient vaguement de Maria, à la maison, avec son ventre rond, pendant qu'il tapait le carton dans un café comme celui-ci, à dealer du shit au quotidien entre le brelan et le carré d'as.

— Maria c'était ma copine, ma pote, ma frangine. Je l'appelais Froggy, tu veux savoir pourquoi ?

Yarol hausse les épaules, il a tout oublié ou presque de son ancienne compagne. Jamais elle n'est venue le visiter, elle ne lui a écrit aucune lettre, ne lui a envoyé aucune photo de leur fille. *Franchement elle aurait pu, par simple humanité*, souffle-t-il, comme il lui est arrivé de le préciser par le passé, à Zoltan, aux psys de la prison, à qui voulait bien l'écouter.

— Parce que c'était une grenouille de bénitier, elle était plus catho que le pape, à côté d'elle j'avais l'air d'un païen.

Diego rit, sa voix grasse exulte dans sa gorge au souvenir de cette petite bonne femme, cheveux noirs et joues rebondies, toujours à donner des leçons de morale, bien plus que lui-même.

— Parfois, elle était d'un despotisme abscons. Rigide. C'étaient ses origines espagnoles. Ils sont cinglés là-bas.

À l'occasion, il essayait de la raisonner :

— Faut savoir pardonner, je lui répétais toujours. Mais elle était têtue, putain ! Butée, même.

À Yarol, elle n'a accordé aucun pardon, il le lui dit comme ça, de but en blanc.

— Aucun. Sur ça, on n'était pas d'accord, mais bon, je l'ai jamais jugée. C'est pas mon genre, le jugement. Quand t'es curé, si tu veux juger, faut changer de métier.

— Dire que les Espagnols sont cinglés, c'est pas un jugement peut-être...

De nouveau, il se marre, *C'est vrai !* Ses larges épaules remuent comme des peupliers au vent.

— Il y a sept ans, Maria a appris qu'elle avait un cancer du pancréas. Tu savais ?

Yarol secoue la tête, il l'ignorait bien sûr, comme à peu près tout ce qui a concerné de près ou de loin, un jour ou l'autre, la mère de sa fille.

— Elle connaissait l'issue de sa maladie. J'essayais de faire des blagues et, malgré la situation, elle adorait ça. Une fois, je me rappelle, je lui ai lancé un ballon de foot et elle m'a regardé l'air de me dire *mais qu'est-ce que tu fous ?*, alors je lui ai dit *ben quoi ? T'as attrapé le cancer tu peux bien attraper un ballon, non ?* C'était drôle, murmure-t-il.

Cette fois, c'est Yarol qui sourit. Étonnamment, ce type le touche, avec sa soutane par-dessus sa carrure de boxeur, son accent belge et ses mots inattendus.

— J'aurais jamais osé, répond-il.

— Vous étiez trop jeunes et vous étiez pas prêts.

— On était pas amoureux.

C'est tout ce qu'il trouve à dire.

Diego poursuit, il dit à quel point Maria savait sa fille indécise et influençable, inapte à pourvoir à ses besoins et d'une nature à dépendre des autres. Aussi avait-elle décidé de lui confier la tutelle de la jeune femme. *C'est grâce à Dieu que ma fille a vu le jour, c'est donc à Dieu que je la confie à l'heure de ma mort.* Elle avait prononcé ces mots avec calme et détermination, elle avait baisé la joue de Diego en ajoutant qu'il était son seul contact avec Dieu. Le curé s'était étouffé, *j'ai rien à voir avec Dieu, moi, ce qui m'intéresse, ce sont les hommes !* Et Maria avait shooté dans son pied en éclatant d'un grand rire avec ce qui lui restait d'énergie. Dix jours plus tard, elle était morte et Diego avait une mission. Il s'était engagé à mettre à disposition de Constance un appartement dans le bâtiment annexe à l'église, sorte de curée rénovée en cinq entités que la paroisse louait à des gens dans le besoin. Par ailleurs, il verserait à Constance une somme fixe par mois. Maria avait calculé qu'avec l'argent qu'elle avait gagné comme assistante médicale – elle avait commencé des études juste après l'arrestation de Yarol –, Constance aurait de quoi tenir quelques années. Ensuite, elle espérait que sa fille étudie ou suive une formation pour devenir une professionnelle autonome.

— Ce qu'elle ne fit pas : toute sa courte vie, Constance demeura une femme précaire, passionnée, anarchique. Elle avait un côté extatique aussi, quasi mystique, qui flanquait à ses actes ou à ses décisions un aspect souvent, comment dire… transitoire. Elle n'était sûre de rien, susceptible de changer à tout moment, la terre sous elle était meuble comme de l'argile, j'aime bien dire ça… Et tout autour y avait une constellation bordélique de tourments et désillusions qui figuraient comme des étoiles. C'est vrai, tsé. Sur le compte bancaire, il reste 15 000 euros, précise le père Diego, que je m'engage à te verser dès ta sortie de prison.

— Ça va pas ?

Ponthus se raidit d'un coup, son cou se tend vers le ciel, il parle fort, plus que de raison.

— Mais non, mais vous êtes malade !

Les flics se lèvent et repoussent leurs bières inadéquates d'un geste bien rodé. Il faut la main apaisante du curé, levée comme un étendard de paix, pour leur signifier que tout va bien.

— OK, on se calme, Yarol. Les successions, ça marche dans les deux sens. Cet argent ne m'appartient pas, fallait bien que je t'en parle.

— Pourquoi vous me tutoyez ? On se connaît pas, putain !

Yarol marmonne dans une barbe qu'il n'a pas, il est plein d'une colère froide, le voilà rabaissé plus bas que tout, misérable père cupide en plus d'avoir été absent, l'image est méprisable. Le curé pousse un long sifflement.

— Je te tutoie parce que je suis presque Dieu et que Dieu, si t'avais pas saisi, peut tout se permettre.

Un instant, Yarol ne sait plus ni quoi penser ni quoi répondre. Puis il rit. Enfin, il rit. Pour la première fois depuis la mort de sa fille, Yarol rit et Diego, fort d'une confiance gagnée un peu plus encore, le rassure autant qu'il peut.

— OK, je le garde, cet argent, il ira à des gens qui en ont besoin, tu as ma parole, et si un jour, tu changes d'avis…

Yarol se contente d'acquiescer. Un silence s'installe.

Les deux vigiles se rassoient, une main sur leur pinte de nouveau. Des enceintes s'échappe *Philadelphia* de Springsteen et soudain ce sont mille ans de son ancienne vie qui sautent au cou de Yarol, les souvenirs d'une jeunesse effacée, bien avant les magouilles, bien avant Maria, ces printemps de bonheur tranquille, à vivoter comme un jeune sans histoires et à rêver parfois, le soir dans des bars, sur des musiques pleines d'une nostalgie à venir. Lui reviennent *Calling You* du film *Bagdad Café* et puis des tubes outrageusement plus merdiques, David et Jonathan, émirs de la piste, qui tenaient la corde chaque été avec leur tempo de pacotille qu'il aimait détester mais qui faisait danser.

— J'ai été une ordure avec Maria.

Il ignore s'il l'a jamais aimée, il ne lui a sûrement pas offert l'attention méritée, il l'a surtout abandonnée dans une situation peu enviable. Entendre parler de la mère de son enfant, tant d'années après, le déporte vers un passé hostile, puisque de cette époque il n'est fier de rien. Ni de la façon dont il a dragué cette pauvre fille d'immigrés, aux parents illettrés qui, naïvement, ont vu en lui le beau-fils idéal, autochtone, mieux éduqué, qui prétendait travailler dans une entreprise. Ni de son opposition alors qu'elle décidait de garder l'enfant pour éviter un avortement strictement contraire à sa religion.

Pas fier non plus de cet œil sentencieux avec lequel il observait sa mère se débattre dans ses errances alcooliques. À force, il détestait tout en elle, ses réactions intempérantes, ses phrases outrancières, l'effluence liquoreuse de son haleine et ses tentatives d'affection désespérée, débordements malhabiles d'une vie de fiascos et de sanglots. Et pourtant c'était sa mère. Aux funérailles de laquelle il n'a pas pu assister, celles-là.

À côté du père Diego, dans ce bar, cinquante minutes à peine après avoir enterré sa fille, il est assis comme un bouffon déchu, à cette heure à laquelle la miséricorde convoitée est encore loin, truffée d'ombres et d'enflures. Il tamponne une larme qui fait son chemin sur sa joue, pensant que le curé n'a rien vu – mais le curé voit tout.

— T'es pas un saint, ça c'est sûr. Mais bon, ce qui est fait est fait.

Yarol se sent autant rassuré par le bon sens proche de la nigauderie du père Diego que mal compris. Car il ne sait rien, l'homme de Dieu, ou pas grand-chose, ou seulement ce que Maria a bien voulu lui raconter. Il ignore tout de ce qui l'a acheminé jusqu'à ce jour, les maladresses qui se transforment en manquements, les manquements en aberrations et les aberrations en crimes.

À l'extérieur de l'église, les cloches se mettent à sonner. Yarol, suivi par le curé et les flics, se lève. Il est temps de quitter le bar et d'approcher ce qu'il y a de pire pour un père : continuer à vivre mais sans l'enfant mort, et se soumettre, par cet état de fait, aux prises éternelles d'un passé qui ne cessera de revenir, pour le hanter, transformant son présent en une chambre d'échos comme une torture. Quatre hommes soulèvent le cercueil, le transportent dans le petit cimetière derrière l'église et le déposent à la lisière d'un trou, creusé par un engin de chantier et qui n'attend qu'un geste pour l'avaler. Yarol se tient tout au bord, ses joues flasques pendues vers la mort, il résiste à peine. Il voudrait sauter et se laisser ensevelir par la terre auprès de sa fille.

Il y a quelque chose de répugnant à devoir se séparer d'elle encore.

À l'aube du 24 octobre 1993, la poche, rompue, lâche des eaux souillant le carrelage de la salle de bains. Il est 6 heures, Maria se tord de douleur et réveille Yarol. Sans attendre, il enfile un jogging bleu marine qu'il assortit d'un sweat-shirt noir. Ainsi chichement vêtu, il s'observe dans le miroir et se dit que ça y est, avec la petite qui arrive, c'en est fini de sa vie telle qu'il la mène, vie qu'il a bien du mal à qualifier : vie d'action, de misère ? Vie heureuse ou vie de merde ? Il est en peine, le futur père, la gueule tout enfarinée de sommeil, d'évaluer en cet instant énigmatique la valeur de sa propre existence.

À l'hôpital, Yarol reste en retrait, rechignant à la vue du sang. Il est présent dans la salle de travail mais regarde la télé. Il n'a jamais voulu de bébé avec Maria et la voir là, les jambes dans des étriers de métal, toutes chairs offertes, lui donne envie de vomir.

Six heures plus tard, Constance pousse un cri de

moineau et l'infirmier dépose l'enfant dans les bras de Yarol, le temps qu'on répare la mère. Entre ses mains repose le minuscule corps humide et chaud qui, déjà, cligne des yeux d'étonnement. D'être en vie ? D'avoir face à elle ce visage médusé pour père ? Doucement et avec une tendresse qui l'a colonisé instantanément, tout entier, il imprime un baiser sur le front du nouveau-né, le sien. Et Constance frissonne. Alors que Yarol embrasse ces quelques millimètres d'une peau immaculée, juste au-dessus de l'esquisse de son sourcil, l'enfant, sa fille, toute neuve, tremble.

Dans le corps du père, une invasion commence. Une invasion timide mais tenace, l'émergence d'une densité de sentiments dont il se souviendra toujours, des jours, des mois, des années après la naissance de Constance. *Un geyser*, c'est ce qu'il dit à Alix au retour de l'hôpital. Elle, grand-mère désormais, a juré de ne plus boire. Elle l'a juré à son miroir et rien qu'à lui.

Le geyser amorce son jaillissement continu, de l'amour qui provient d'on ne sait où pour aller on ne sait où. Les jours passent ainsi, les trois adultes penchés serrés au-dessus de l'enfant trésor dont ils ne cessent de contempler, ébahis, les gesticulations. Pour la première fois, Yarol s'adresse à Maria avec la plus grande gentillesse, comme si chaque mot, chaque phrase, autant que le ton pour les prononcer, avaient pour objectif d'être doux comme l'enfant. Et le papa tout neuf participe à la toilette de sa fille, la change, l'enrobe d'une attention que, jamais auparavant, il n'avait accordée à quiconque. Pendant des heures, il la berce ; pour la première fois, il va faire des courses et Alix n'en revient pas, mais c'est pour promener l'enfant qu'il fréquente volontiers les magasins, pour emmener sa fille, tenir son eldorado au chaud, tout contre sa poitrine. Il ne possède rien de plus qu'avant : un boulot tourmenté qui rapporte du pognon mais implique des dangers qu'il contrôle mal, une mère toujours aussi alcoolique, une compagne qu'il n'a pas choisie et pour laquelle il n'éprouve aucun désir, tout est pareil à sa vie *bancale* et pourtant, depuis la naissance de Constance, il se sent bien. Rempli, heureux. À sa place. C'est comme si à son corps charnel s'était adjoint enfin un corps pensé, une sorte d'entité qui lui semble dépasser largement la perception qu'il avait jusqu'ici de lui-même ; son âme en quelque sorte.

Le café n'a plus d'odeur. Si, il sent le vide absolu. La cuisine baigne dans une lumière ardente, le carrelage renvoie les rayons, fendus par les lames en bois du store, d'un soleil d'une autre saison. À la radio, c'est la grève. La playlist qui tourne en continu diffuse *Liquid Sunshine*. Nour a envie de vomir.

Pourtant, il faut reprendre le boulot au plus vite, tout le monde le lui a conseillé et, docile, Nour fait ce qu'on pense être le mieux pour elle. Au journal, elle n'a informé personne de l'accident, elle aime autant garder sa petite misère pour elle, c'est le seul moyen qu'elle a trouvé de ne pas y être ramenée en permanence.

— Tu as passé un bon week-end ?

— Ça va.

— T'étais pas là hier et avant-hier ?

— Non.

— Vous vous êtes fait un long week-end en amoureux ?

— C'est ça.

— Mmmhhh.

Hilare, la collègue, suggestive à souhait, lui prédit un mariage dans l'année. Nour lui demande un crayon gris et clôt cette conversation, enfoncée dans un fielleux désarroi qui l'étouffe.

Au lieu de travailler, sur Google, elle tape *Constance Rodriguez*. Apparaissent quelques photos, plusieurs femmes différentes, des vieilles, des plus jeunes, aucune ne semble être un pilier de la Toile. Les portraits sont vieillots, la plupart garnissent des profils Facebook. L'une d'entre elles apparaît deux fois, elle ressemble à la Joconde, elle est assise bien droite, les cheveux mi-longs châtains bien peignés et séparés en deux masses identiques par une raie centrale. Elle fixe l'objectif avec insistance, ses mains placées l'une sur l'autre, posées sur son genou droit. Pour le reste, on ne distingue rien de particulier, à part peut-être le col en V de son cardigan vert pâle. Nour l'observe longuement. Quel souvenir précis a-t-elle gardé du visage de cette femme ? Aucun. Elle se rappelle le sang coulé sur le bitume, une jambe, une jupe, une main peut-être, au fond, elle n'en est même pas sûre. Lui revient parfois l'image d'une masse éparpillée, de cheveux foutus n'importe comment, collés au sol. Foncés ? Mouillés ? Elle clique sur l'un des deux portraits, le lien renvoie à un profil complet, sans adresse ni mention d'aucun pays ni ville. En tout, il y a trois posts, le plus récent publié en 2017, un portrait d'elle encore, celui-là la montrant plus décontractée, assise dans un jardin, souriante. Voilà tout.

Elle se lève pour ouvrir la fenêtre, se penche dans le vide, respire à pleins poumons l'air gueulard et nauséeux. Sous elle, l'avenue charrie son actualité nerveuse, tout est empressé. Une voiture freine, ses pneus mordent le bitume, le goudron hurle et ça la fait bondir. Elle referme la fenêtre. Dehors, il n'y a rien pour l'apaiser.

Elle reprend place derrière l'écran de son ordinateur, tente de passer des coups de fil prioritaires, s'attarde sur trois formulaires à faire signer. Elle doit toujours quémander du temps et de l'espace à ses patrons. Quelle est cette vie qui consiste à s'inscrire entre les lignes ? Certains jours, elle exècre cette dépendance, à d'autres moments, elle se félicite de n'être que ça : une assistante de rédaction docile et efficace qui fait le job, sans angoisses majeures ni calendrier surchargé.

— Ça va ?

La collègue est revenue.

Nour secoue la tête, hausse les épaules et lui balance cette question sortie de nulle part :

— Tu as déjà vu un animal mort ?

— Je crois, oui. Pourquoi ?

— Chez mes parents, on avait un canari breton. Elle était orange. C'était une fille, elle s'appelait Suzanne. Elle a vécu dix-huit ans avec nous. Je pense qu'elle détenait le record de longévité. Le jour de sa mort, mes parents l'ont enterrée. J'étudiais à Modène à l'époque et j'ai pas pu lui dire au revoir.

La collègue ignore comment réagir et Nour se met à espérer que quelqu'un, quelque part, la débranche en activant un interrupteur à l'arrière de son cou pour qu'elle sombre instantanément dans l'inconscience. Il aurait fallu qu'elle naisse robot, avec sa peau, ses cheveux, ses ongles, ses paupières qui clignent et son estomac qui digère, mais aussi la possibilité de se soustraire aux émotions, de les ôter d'elle, d'en faire une entité dissociée. Avoir une échappatoire technique pour ne plus rien ressentir.

— J'aimerais me mettre en veille.

— En quoi ? interroge la collègue, abasourdie.

Nour ne prend pas la peine de lui répondre : *En veille de moi-même*. Peut-être lui racontera-t-elle un jour ce qui lui arrive, il serait bon de pouvoir se confier, mais pour l'instant elle se tait. Elle s'en fout de libérer sa parole, comme on le lui a beaucoup conseillé, parce que la réalité c'est qu'il n'existe aucun mot pour définir celui qui ôte la vie d'autrui par accident. Comment appelle-t-on celui qui, par mégarde, distraction ou malchance, rétame une existence ?

De la boue. L'idée lui vient comme ça.

Elle est de la boue, cette terre mélangée à l'eau, deux éléments vitaux, fondateurs, indispensables, mais qui, unis l'un à l'autre, deviennent détestables, mélange fétide, gadoue brune, bouillasse infâme dont, par réflexe, n'importe qui, mis à part les cochons, se tient éloigné. Elle s'amuse alors à penser que dorénavant elle devra enfiler des bottes pour s'approcher d'elle-même.

Se trouver à l'origine de la mort d'une autre, c'est éteindre un corps contenu dans l'âme et non l'inverse. Plusieurs fois, Nour écrit cette sentence au coin d'un formulaire périmé. Une phrase qu'elle formule en la comprenant à peine. *De l'art de tuer quelqu'un d'autre* est un recueil qui n'existe pas. Elle l'aurait souhaité, pourtant. Des pages entières de théorie qu'elle imagine rédigées par ceux-là mêmes qui n'ont jamais tué. Des philosophes, des sociologues, des psys en troupeau pour savamment décrire la modification de la conscience de soi, la pernicieuse et progressive dévastation de son paysage émotionnel. Elle s'observe assise à son bureau, vivante, et néanmoins posée juste à côté de sa propre vie, comprenant que sa culpabilité dévorante s'apparente en fait à une mort, à l'enfouissement d'elle-même. La dame de la voiture, c'était sa première morte. Le premier corps sans vie qu'elle voyait, évacuant dans son sillon une archéologie du passé, mystérieuse, insondable et qui, depuis l'accident, la consomme, par tranches, comme un pain coupé. Toute son anatomie lui semble en dégradation progressive ; son corps est en train de fondre de l'intérieur et de se vider à l'extérieur, des sensations nouvelles s'imposent à elle sous forme d'ignobles odeurs, ses émotions se confondent avec des fluides honteux, elle se constate toute constituée de chairs, de matières, répulsives, certes, mais vivantes. Et c'est comme une réponse insolente à cette vie, la sienne, qu'elle au moins habite encore.

À toi qui n'as plus de visage, je demande pardon.

Jeff fait sa valise, il s'en va de nouveau, contraint de solder la privatisation d'une compagnie ferroviaire en Afrique du Sud. Personne pour le suppléer.

— C'est ça le vrai pouvoir, ironise Nour, être irremplaçable.

— Ça va aller ? Tu vas travailler ?

Elle acquiesce, une brève inclinaison de la tête, tandis qu'elle est couchée dans le canapé.

— Tu n'en parles pas, hein ?

— Parler de quoi ?

— L'accident. Pas un mot à tes collègues, tu promets ?

Nour ne promet pas ; elle ne comprend pas.

— Si la presse apprend que ma compagne a tué quelqu'un, même accidentellement, tu imagines les retombées pour mon père ?

Sous les fesses et sous les jambes de Nour, le mou du canapé. Dans sa tête, une glissade brutale. Elle pose une main au sol et se relève en douceur, feignant de maîtriser le mouvement. Tout en elle s'effondre à nouveau. D'une nature très différente de l'accident, ce crash-là, celui que Jeff vient de provoquer, en une seule phrase, condensé de mots qu'elle pensait impossible, dispense un odieux relent de faillite.

Nour s'entend répondre par l'affirmative, pourtant, avec une certaine conviction et, à l'instant même où elle prononce le mot *oui*, elle éprouve un sentiment de trahison, une félonie qu'elle s'inflige avec la plus grande dureté. Étonnamment, elle a énoncé l'exact contraire de ce qu'elle ressent. Son corps contredit son âme, crée une faille qui ne cessera de gagner en puissance, elle le sait.

— Je t'aime.

Jeff a à peine le temps de se retourner, il n'est pas certain d'avoir bien entendu. Il la salue encore, d'un geste parfaitement accompli.

Depuis la fenêtre, Nour l'observe, son homme depuis presque deux ans, un gros sac jeté par-dessus l'épaule, le visage marqué, qui marche vers le taxi stationné, et le taxi stationné est noir comme l'abattement.

Quelques semaines après la débandade, Yarol était convoqué par le Menteur.

En mémoire de ceux qui ont perdu la vie. Le parrain n'hésita pas à viser la petite d'à peine cinq semaines, *comment s'appelle-t-elle déjà, ah oui, Constance, c'est joli, Constance*, et il le fit sans détour. Méticuleusement, il exposa la mission suivante : le braquage d'une banque. Yarol devait constituer une équipe, un mélange de vrais truands sans scrupule et d'abrutis costauds, dont il serait le chef exécutif. Joseph Johair superviserait le projet, depuis son bureau aux murs bardés de velours, planqué à l'arrière de sa boîte de nuit, The Vice, située quelque part entre Bruxelles et Vilvorde. Pendant six mois, Yarol et ses sbires s'infiltreraient et soudoieraient des employés pour obtenir le plan de l'agence et les horaires des vigiles, les codes d'accès et combinaisons nécessaires pour neutraliser les alarmes et ouvrir les coffres. Yarol feignait de tout maîtriser ; en réalité, il pataugeait dans un flou constant, une zone d'inconfort qui, de temps à autre, le saisissait à la gorge et lui soufflait de tout arrêter. À la maison, le secret de sa double vie pesait lourd. Il prenait soin de sa fille avec l'aimante attention d'un père mais, chaque fois qu'il la regardait, il apercevait une épée de Damoclès, une vraie, précisément tracée par son imagination, pendue juste au-dessus de la tête de l'enfant, son extrémité saillante à deux doigts des petits sourcils. Il n'en mangeait plus, il n'en dormait plus. Il envoyait bouler Alix, ne se comportait pas mieux avec Maria. À plusieurs reprises, il pensa prendre la fuite pour mettre ses femmes à l'abri mais il était surveillé partout, le Menteur était bien le dernier des cons, s'il prenait la peine de menacer, c'est qu'il en avait les moyens. Alors, en bon petit soldat, Yarol s'appliqua à fomenter le casse de l'année.

Le 20 avril 1995, Constance avait dix-huit mois. Ce dimanche matin-là, tandis qu'elle dormait encore, son père l'étreignit avec une intensité particulière. À 6 heures 45, il quitta la maison et se rendit, à pied, sur les lieux de l'attaque. La banque était partiellement en travaux, à l'intérieur on modernisait à tour de bras, une salle ultra-sécurisée devait être inaugurée le mois suivant. En attendant, la sécurité fonctionnait à l'ancienne, conformément à ce que l'équipe avait observé au cours de ses repérages.

À 7 heures, ils étaient cinq, cagoulés, masqués, gantés, devant la porte arrière de la banque, dont Yarol qui était aux commandes. À l'intérieur, trois vigiles terminaient leur garde. En attendant leur relève, ils se gavaient de café et de plaisanteries douteuses.

Le vieil interphone retentit, Védat, le gardien numéro un, décrocha et, quelques secondes plus tard, pensant qu'il avait affaire à un collègue, ouvrit la porte.

Ensuite, tout se passa comme prévu ; une succession d'étapes bien huilées, aussi simples qu'efficaces ; Yarol et sa bande frappèrent les vigiles à coups de crosse, les ligotèrent, puis ils neutralisèrent les alarmes et dégainèrent les combinaisons chiffrées pour ouvrir les coffres. En vingt-cinq minutes, ils raflèrent 125 millions de francs, l'équivalent de 19 millions d'euros, soit 220 kilos de cash qu'ils entassèrent dans des sacs de sport. C'est à la sortie que la situation se dégrada. Une patrouille de police prit en chasse leur Renault Espace immatriculée aux Pays-Bas. Au tribunal, cinq ans plus tard, Yarol plaiderait l'homicide involontaire pour tenter de contrer l'accusation d'assassinat qui lui était imputée. Il expliquerait ne pas avoir eu d'autre choix que de tirer dans les pneus des flics, une question de survie, de légitime défense, en somme. Il avait visé les pneus mais c'est le rétroviseur qu'il avait atteint, *j'étais pas un cow-boy*, la balle était venue frapper l'armature en métal, sa trajectoire instantanément déviée l'avait propulsée dans l'habitacle de la Peugeot, la vitre baissée n'avait laissé aucune chance au flic assis sur le siège passager, tué par un calibre 5,56 logé en pleine tête. Au tribunal, l'avocat de Yarol se paierait le luxe de s'indigner du manque de professionnalisme de la victime ; une vitre blindée reste fermée, c'est le principe du blindage, si c'est pour l'ouvrir aux quatre vents, autant mener une course-poursuite en décapotable.

En réalité, ce sont d'autres affaires, survenues quelques mois plus tard, alors que Yarol était encore libre, qui lui avaient valu une condamnation à perpétuité.

De 1995, l'année du premier casse, jusqu'à son arrestation, il avait effectué six attaques à main armée. Sporadiquement, quand la tension devenait trop importante et qu'il sentait le Menteur à deux doigts de mettre ses menaces à exécution, Yarol consentait à s'extraire de chez lui pour des missions espacées, rapides et efficaces. Il prit d'abord part aux braquages de deux bijouteries qui n'occasionnèrent aucun blessé puis, le 13 janvier 1996, il mena l'attaque d'un fourgon blindé. L'opération tourna mal, un agent de sécurité et un flic y laissèrent la vie, ce fut un carnage. Les deux coups suivants furent tout aussi désastreux : à chaque intervention, dans un grand magasin d'abord et chez un diamantaire anversois deux mois plus tard, un policier y passa. À la fin de l'été 1996, tous les flics du pays étaient à sa recherche. Alors, pour épargner à Alix, Maria et Constance d'être exposées aux dangers d'une interpellation en pleine nuit, il prit la décision de quitter la maison sans dire au revoir. À personne. Il ne voulait éveiller aucun soupçon, ne voulait pas avoir à répondre à leurs questions, pour ne pas les impliquer, pour éviter que ne pèse sur elles la moindre suspicion de complicité. Aussi, le 25 août, il fuit le domicile, en pleine journée, pendant que Maria et Constance étaient en promenade et qu'Alix dormait. Il loua une chambre dans les combles d'un hôtel modeste, s'y terra et attendit. Que la tempête s'éloigne, que la PJ se fatigue, que les indices s'étiolent. Il avait conscience de ses maigres chances, après la mort de cinq personnes, dont quatre flics, ils ne lâcheraient jamais mais il n'avait pas le choix.

Au tribunal, dix-neuf mois plus tard, il apprendrait par le témoignage de sa femme qu'une descente de flics avait eu lieu à son domicile, deux semaines après son départ. De la manière la plus violente qui soit, les forces de l'ordre avaient tenté d'intimider Alix et Maria, Constance hurlant dans son lit à barreaux à la vue d'un tel déchaînement de misère sur sa mère et sa grand-mère. Et cela, cette haïssable conséquence d'une vie de truand qu'il avait menée en secret, aucune des trois, jamais, ne lui pardonnerait.

Au réfectoire de Saint-Rémy, Zoltan prend place à côté de Yarol, pose sa main sur le dos usé de son aîné. Devant eux, un potage aux pois cassés décoche des effluves de lardons.

— Y avait personne. Quatorze pauvres zombies.

Zoltan tente un début de phrase mais bégaie comme un âne, la situation le bouscule, c'est si difficile, voire impossible de répondre pertinemment à ce genre de considération. À sa façon, il est poète pourtant. Assassin, mais poète.

— Elle savait que tu l'aimais, c'est tout ce qui compte.

Yarol le fixe un instant en silence, se demande quel est le rapport entre la tragédie d'une église vide et l'amour qu'il portait à sa fille. Il sent bien le malaise du Hongrois, c'est le signe de sa solitude nouvelle, il baisse la tête et plonge son nez dans son ragoût visqueux qui fume à peine. La prison, toujours, lui a semblé douloureuse. Elle est cruelle, au début surtout, lorsque la tête, encore éprise de liberté, de famille, de souvenirs, cherche ailleurs une riposte. Ensuite, l'affliction se résorbe et ne subsistent alors que la résignation et la dissociation, indispensables pour survivre. À Saint-Rémy, Yarol se sentait appartenir à un monde perdu. La mort de Constance signe le retour brutal à une réalité qu'il ne fréquentait plus depuis longtemps.

— Tu vas faire quoi ?

— Comment ça, je vais faire quoi ?

— Tu vas pas te suicider quand même ?

— J'en sais rien.

Yarol s'attarde un moment sur ce type à lunettes qui partage son trou à rat d'existence, ce type bien, poli, sage et gentil, au point qu'on pourrait se demander ce qu'il fabrique en prison. De son rôle influent au sein de la plus grosse pègre de l'Est européen, quelques exécutions commanditées et du trafic de drogue à grande échelle, il ne se cache pas, pour le reste, sa famille, son enfance, de tout cela, il ne parle jamais. *Business as usual*, c'est la réponse habituelle qu'il balance lorsqu'un détenu s'aventure trop près de ses secrets. En 2013, à son arrivée à Saint-Rémy après six mois d'internement psychiatrique (ce qu'il est allé foutre dans un *hôpital pour tarés*, il n'en sait rien), on a assigné Zoltan à résidence à côté de Ponthus, voisinage qu'il bénit chaque jour de cette merde de vie carcérale.

S'accommoder des choses, c'est un exercice auquel

Zoltan excelle, il a toujours clamé se sentir avant tout caméléon, arguant que, contrairement à d'autres, il voit dans la faculté d'adaptation une force et une liberté. C'est à peu près toute la philosophie dont il fait preuve. L'homme, par ailleurs, est pragmatique. Il se décrit ainsi à chacune des évaluations avec sa psychologue. Parfois, du bout des lèvres, il ajoute : *sensible.* Et ça lui va bien.

Pour autant, il est inquiet. Son ami, rentré en lui-même, dérive. Plus que quiconque, tous deux ont conscience que la vie est faite de secousses innombrables, certaines qu'on perçoit, d'autres devenues si habituelles qu'elles se changent en secousses minuscules et invisibles jusqu'à ce que, pour une raison ou une autre, on les remarque de nouveau. Bien plus qu'ailleurs, il existe en prison une variation intense de la courbe des coups durs et de leurs amortissements. Yarol pensait avoir tout vu et tout vécu, se croyait intouchable, entièrement chaulé d'un ciment ardu, quelque chose comme l'armure du siècle. Mais depuis l'accident, il n'est plus qu'un cœur terrifié, une proie fragile qui tente de s'accommoder de sentiments contradictoires.

— Quelle est la plus grande question ? La plus universelle ? Y a-t-il une vie après la mort ? Que sait-on avec certitude ? Que vaut l'amour ?

La détresse du vieil homme, qui s'interroge tout haut, à qui veut l'entendre, à Zoltan surtout, projette des ombres errantes sur son visage buriné. Il est assis, mais il est à genoux.

— Je me fous de tout ça, tu comprends, aboie-t-il. La seule chose que je veux savoir c'est : qui est cette femme qui l'a renversée ?

Zoltan l'observe un long moment, pas certain d'avoir compris.

— Pourquoi tu veux savoir ?

— Parce que !

— Tu veux lui parler ?

— Lui parler ou la tuer, j'en sais rien.

Nour a décidé de reprendre le cours abîmé de sa vie professionnelle. Une journée entière au bureau. Comme avant. Son réveil sonne à 7 heures 45, elle ouvre les yeux, s'assoit dans son lit, pose les pieds sur le sol et, quelques mètres plus loin, à peu près au niveau du tiroir à chaussettes, elle s'écroule.

Sur le tapis, son corps forme un petit tas en partie couvert de ses longs cheveux éparpillés. L'état d'inconscience a le mérite de la discrétion, si bien que personne, ni voisin, ni absent, ne réalise ce qui lui est arrivé.

À son réveil, le chat dort allongé à ses côtés. Elle prend quelques secondes pour se constater vivante. Il est plus de 9 heures. Elle a mal à la cheville et au coude, sa bouche est sèche comme du papier et sa joue droite sculptée de traces. Elle s'allonge sur le dos et demeure là, à observer le plafond troué en six endroits de spots ronds cernés de plastique blanc. Elle en compte six et recompte, les multiplie ensuite entre eux. Trente-six. Le compte est bon, elle peut se lever.

Ses pieds la portent jusqu'à la cuisine, elle avale un café et puis quoi ? Appeler ses patrons, leur expliquer qu'à la suite d'un homicide involontaire qui n'en est même pas un puisque aucune charge n'a été retenue contre elle, qu'à la suite d'un accident, donc, sa ligne de symétrie vitale a subi une distorsion fortuite et qu'elle ne pourra pas, pour le moment, assurer ses fonctions d'assistante ?

Tuer, c'est renoncer ?

Plutôt crever.

Nour s'habille en vitesse, remplit le bol du chat, trie le courrier, fourre une salade préparée dans un tupperware en plastique et rassemble ses affaires : sac à main, téléphone, gourde en métal, puis elle enfile son manteau préféré, le long brun à petits carreaux et dans la rue, ainsi bardée de son arsenal indispensable à la vie de bureau, elle place ses pas timides dans ceux d'avant.

Au journal, c'est l'effervescence. Un secrétaire d'État qui a montré sa queue à la copine d'un activiste russe doit renoncer à faire campagne pour les municipales. Le journalisme rit, le journalisme pleure, Nour prend des notes et fait ce qu'on lui dit. À 19 heures, tout est bouclé, elle est épuisée, pour un retour en force, c'est un retour en force, elle voudrait reprendre le chemin de son lit, s'allonger et s'éteindre le temps d'une nuit, mais ils sont quatre à lui forcer la main, dont Karl, arrivé à Paris dix ans auparavant pour apprendre à dépecer de plus près cet étrange animal qu'est la politique française. *Allez, un p'tit verre ! Tout part en couilles, chérie, faut fêter ça.* Elle n'a ni l'espace, ni le courage de refuser, il y a des décisions, bonnes ou mauvaises, qu'il faut cesser de combattre. Attablé dans un bar joyeux où Rosalie les a rejoints, tout le monde ne parle que du ministre qui vient de s'autosaboter comme un bleu et chacun s'accorde sur le fait qu'observer son propre sexe déployé à la vindicte publique, y a pas pire truc au monde.

— Si, y a pire, assure Nour.

Vers elle, les têtes se tournent et les regards se font avides.

— Pendant que l'autre abruti envoyait des sextos à son étudiante, j'ai tué quelqu'un.

Sidérée par ses propres mots – elle ne s'était jamais entendue énoncer le drame de manière aussi simple et limpide –, la phrase à peine terminée, Nour éclate de rire et le silence qui prend place épouse quatre paires d'yeux ahuris.

Elle glousse, elle pouffe, elle commande une troisième vodka dans la foulée, vainement retenue par Rosalie, mais poussée par les autres, elle finit par raconter. Les mots se succèdent, tordus par l'alcool, imbibés d'un désespoir qui jaillit, nu et désarmé, et se répand comme le corps de cette femme allongé au sol et le sang qui s'est épanché sur le bitume en haricot liquide, presque noir. Autour d'elle, les pupilles sont dilatées, l'effroi s'y lit distinctement, malgré l'alcool, malgré l'heure tardive et, au bout d'un moment, lorsque seul le vacarme du service en salle se fait entendre, Karl rompt le silence, acquiesce comme s'il lui appartenait de délivrer aux autres la vérité, *oui, c'est pire qu'une bite en gros plan*, et avale en guise de conclusion une gorgée de son spritz à la fleur de sureau.

Nour se souvient d'un stupide quiz auquel elle a joué mille fois, *tu préfères embrasser une méduse ou marcher sur un crabe ?*, et se dit qu'à présent la réalité dépasse le jeu, *tu préfères tuer une meuf ou que tout le monde voie ta bite ?*, en nettement moins subtil.

— C'était un accident !

Rosalie remet l'église au milieu du village, ça lui semble d'une nécessité absolue, on ne peut pas laisser dire, peu importe qu'il soit tard et que Nour, comme les autres, en soit à sa quatrième vodka. *Bien sûr*, murmure Jack, *évidemment*. Mais tout de même, à choisir, il préférerait que son membre soit exposé au monde…

— Et en plus Jeff est paniqué, ajoute Nour.

Rosalie lui envoie un coup de pied sous la table. Mais plus rien n'a de sens à cette heure de la nuit que la rancœur et le dépit.

— Jeff ? s'interroge Karl. Qu'est-ce qu'il a à voir avec ça ?

Nour ricane.

— Il a peur pour la carrière de son père.

Elle lève les yeux au ciel et replonge dans sa vodka.

— Nour !

Rosalie insiste mais son amie n'entend plus rien.

— Peur que la presse apprenne que j'ai renversé une femme, poursuit Nour, et que ça puisse nuire à Super Tanguy Éluard.

Ses mots trébuchent, elle jargouine à moitié ivre, *ha ha ha ha*, et les autres s'étonnent et se marrent alternativement. Incapable d'articuler, Nour se lève, s'éloigne en titubant et, sous une plaque *Notaire de France, office notarial, Me Dumoulin* clouée sur le noble mur ivoire d'un bâtiment haussmannien, elle vomit des centilitres d'accablement et d'infamie. En un instant, l'odieux fret déchargé sur les trottoirs de Paris, sous les yeux de ses collègues, se dissout. Ne reste que l'odeur âcre d'une bile maltraitée qui a fait son boulot.

Nour s'affale sur le siège avant de la voiture de Karl, dans un état de semi-conscience.

— La presse n'en a rien à foutre de cette histoire ! Ton mec est un con.

— Ah oui, tu crois ?

Devant la porte de son immeuble, elle agite une main lasse à l'adresse de Karl puis disparaît dans la pénombre de l'entrée.

Le père Diego connaît bien cet appartement du troisième étage. Désormais, forcément vide. Forcément seul. Soixante-huit mètres carrés de souvenirs. Il se tient pile au milieu du salon, jette un œil autour de lui, tout est en place, l'ordre règne, les poussières sont faites, la cuisine est propre. Quelques coussins de récup sont dispersés sur le vieux Chesterfield marron, un cendrier encore plein trône sur une table basse en rotin et la plante verte commence à manquer d'eau. Partout, ça sent la clope froide.

Au fond, contre un mur peint en jaune, un bureau en métal, sur lequel se trouvent quelques photos, une pile de documents administratifs et un Bic à quatre couleurs. Demain, trois hommes du Centre communal d'action sociale, à qui le curé fournit du boulot de temps à autre, viendront lui prêter main-forte pour déménager les meubles dans un local annexe à l'église, rassembler les vêtements et les affaires de Constance et donner à des nécessiteux ce qui peut l'être. La chambre à coucher, comme le reste, est impeccablement rangée. Ainsi, Diego s'étonne de trouver sur le sol, à côté du lit, un sac à main qu'il reconnaît aussitôt.

Il hésite puis s'en approche. Longuement, il fixe l'objet comme s'il en attendait quelque chose, une confession tardive, une plainte, un soupir. Il le prend et, sur le lit de Constance, le retourne d'un geste brusque. Le contenu se répand sur l'édredon et le curé se sent malheureux d'avoir à regarder ces petits objets éparpillés sous ses yeux, comme les reliques indigentes d'une vie trop éteinte. Il laisse traîner sa main sur un briquet, un porte-cartes, un schtroumpf en plastique, un échantillon de parfum et un autre Bic. Puis il s'assoit et pleure. Il pense à Maria qui lui manque encore et à sa fille qui lui manque désormais.

Ensuite, il remarque les clés. Celles de l'appartement de Constance. Laissées dans son sac. Ce funeste 9 février, elle est donc sortie sans son trousseau. Pourtant, elle portait sur elle sa carte d'identité, les flics ont été formels. Sa carte d'identité et rien d'autre : ni argent, ni téléphone. Ni sac à main, ni clés, donc.

Ça lui ressemble bien de laisser planer le doute, Constance Rodriguez, idole damnée aux yeux charbon et aux cheveux sombres, moitié vampire, moitié poétesse, fille de chagrin païen, elle dont peu ont voulu et qui a passé sa courte vie à fouler chemins perdus et déserts oisifs dans le froid de l'hiver.

Lorsqu'il quitte l'appartement, emportant une caisse remplie des effets personnels de la jeune femme, le curé prend la direction des étages. L'appartement de Simon, situé au troisième, est un joyau de lumière. Les murs ont été transformés en bibliothèques qui s'encastrent entre les trois fenêtres donnant sur le jardin de l'église.

— Je te dérange pas longtemps, bredouille le curé. On vide l'appartement de Constance demain. Si t'as envie d'emporter un souvenir… Elle a quelques jolis objets, je peux pas tout rendre à son père.

— Je sais pas trop.

— Ils viennent demain à 11 heures. Si tu changes d'avis d'ici là…

Diego s'en va, laissant le locataire indécis terminer ses raviolis.

Et Simon reste planté là, son pantalon de survêt trop grand ruisselant sur ses pieds nus, au milieu d'odeurs de cantine et de basilic.

Assis à la table de la grande cuisine, Yarol contemple le panier qu'il a rapporté du potager. Il a ce privilège, compte tenu de son ancienneté et de son exemplarité, d'en dépecer le contenu deux fois par semaine. Avec un dénommé Didier, détenu lui aussi, il est le seul à pouvoir accéder à cet endroit. Il y travaille tous les mardis et jeudis de 10 heures à 14 heures, pour un total de 24 euros hebdomadaires qui s'ajoutent au modique pécule auquel il aura accès à sa sortie. Il ne fait pas ça pour l'argent, mais pour donner un sens aux carottes et aux poireaux qu'il a nourris, abreuvés et élevés consciencieusement. Les accompagner jusque dans l'assiette, l'idée, forcément, est pertinente, mais pour obtenir cet avantage, il fallait d'abord bien se tenir et gagner peu à peu la confiance des matons. Ça fait maintenant deux ans que Yarol est affecté à ce poste, ce que certains considèrent comme un privilège. La tâche est sans effort particulier, elle occupe l'esprit, fait passer le temps, on y fréquente des cuisiniers, des gens normaux, qui habitent en dehors de la prison, ont une famille, sont allés au cinéma ou à la plage, ont des photos à partager, des histoires à raconter, des récits venus de hors les murs, qui font un bien fou à l'esprit.

Yarol attrape les courgettes qu'il va éplucher pour en faire un potage. Habituellement, il est heureux de pouvoir toucher ce qu'ils ont contribué à fabriquer, la Nature et lui. Yarol y voit un modeste accomplissement – participer à nourrir les pensionnaires de cette maison d'arrêt, c'est un peu réparer le passé.

Ses dix doigts bourrus, vieillis comme du gros cuir, peinent à ôter la peau des légumes. Comme d'habitude, question de sécurité, le couteau est mal aiguisé. Cette fois, il ne ressent ni envie ni fierté. Le travail ne lui apporte plus aucun plaisir, il procède par automatisme, n'a même pas jeté un œil à ses cucurbitacées, aucun commentaire n'est sorti de sa bouche, les légumes sont pourtant particulièrement beaux et le chef s'étonne.

— Eh, Boss, t'es pas dans ton assiette ou quoi ?

Didier, au courant pour Constance, jette au chef un regard noir que l'autre peine à déchiffrer. On conclut difficilement, sur la foi d'une paire de sourcils levés au ciel, à la mort d'une jeune femme de vingt-sept ans.

— Quoi ? Qu'est-ce que j'ai dit ?

— Laisse tomber, siffle Didier tandis que Yarol poursuit son travail en silence.

Le chef distribue les steaks hachés sur une grande

plaque de cuisson en râlant. À sa table, Yarol épluche et ne réagit pas, il vit désormais sur la crête d'une montagne dans une maison solitaire où il refuse d'entendre et de savoir. Il est en désaccord avec lui-même, c'est autrement qu'il souhaiterait procéder mais il n'y parvient pas. Sa peine est immense, bien plus qu'il ne l'aurait envisagé. S'il était honnête avec lui-même, il conviendrait d'un étonnement profond ; jamais il n'aurait imaginé être aussi triste de ne plus revoir Constance. Comme si la paternité était constituée de souterrains cachés dont il ignorait l'existence. Il pensait que sa fille était passée dans sa vie comme un oiseau, sans laisser de traces. Il la découvre au contraire animal terrestre, abandonnant derrière elle des empreintes bien visibles, enfoncées dans une terre de stupéfaction, l'effarement du deuil. Le chef et Didier continuent de s'envoyer des amabilités, quand Yarol, au loin, l'aperçoit. Le petit couteau dont le chef ne se sépare jamais. Posé sur la table en bois, sans surveillance.

Jusqu'ici, il n'y pensait pas. À quelques mois de sa libération et après tant d'années à faire preuve d'un comportement exemplaire, entraver les règles lui semblait une aberration. D'autant qu'il connaît les procédures parfaitement, détourner le matériel est à haut risque, chaque instrument de cuisine est placé dans un endroit précis et numéroté, le service systématiquement clôturé par une check-list de tous les ustensiles, aucune erreur ni manquement ne sont tolérés et, depuis deux ans qu'il travaille à la préparation des repas, il n'a jamais vu l'administration négliger le moindre contrôle.

Mais ça, c'était avant.

À présent, il héberge une angoisse permanente, liquide et froide. Il est somnambule en pleine lumière, pauvre homme qui mendie l'oubli d'une abjecte réalité et celui de ses dégoûts passés. Il n'est rien. Il n'est plus rien. Il portait pour sa fille tous les rêves du monde. Il est aujourd'hui vaincu. Il a tout raté, il était pourtant sans ambition. Il n'a plus d'autre fraternité avec la vie que celle d'un adieu.

Il observe le couteau abandonné. S'il parvient à l'attraper rapidement, personne ne verra rien. Dans quelques minutes, le chef va chercher sa lame, le reste de l'équipe ensuite, introuvable restera l'opinel et les minutes qui suivront seront pétries d'agitation, la brigade à l'affût jusqu'à ce qu'on sonne l'alerte, la sirène hurlante qui paralyse tout l'établissement, de lourdes grilles qui se déploient entre les couloirs, chacun sera tenu de rester à sa place, le système déjà inflexible se raidira encore et, dans la maison des réprouvés, on lâchera les matons.

Yarol hésite sur ce qu'il veut faire avec ce bistouri : se trancher la jugulaire ou celle de la femme qui a tué Constance, si jamais il arrivait à la croiser.

Mourir ou s'autocondamner à la perpétuité, la marge est ténue. Désormais, rien ne le tuera davantage que s'il était déjà dépouillé. Plutôt crever que d'endurer éternellement des regrets désordonnés. Plutôt tuer que prétendre à l'apprivoisement d'une soi-disant liberté vertueuse qui le persécute bien plus qu'elle ne le sauve.

Mais il n'est pas, non plus, certain de parvenir à prendre le risque de ne pas mourir. Il faudrait qu'il puisse rencontrer le monde de nouveau, tenir un espoir, ne fût-ce que minuscule, qui pourrait éclairer une existence où tout lui semble hostile.

Mourir, tuer, quoi qu'il décide, il ne peut rien faire sans une arme. Elle est là qui lui fait signe, à quelques centimètres. Sait-il seulement comment s'y prendre ? Ce n'est pas si simple d'être voleur, truand ou assassin.

— Il a perdu sa fille, ducon !

Didier s'est approché un peu trop près du chef et ses mots agressifs ont frappé comme un poing. Trois cuisiniers de la brigade neutralisent le détenu qu'au préalable le chef a fermement empoigné. Mais déjà Didier s'excuse, invoque la maladresse, *t'es lourd aussi, avec tes questions*, et tout rentre dans l'ordre. Le temps que Yaroï revienne au monde qui l'entoure, prenne conscience de la semi-bagarre qui a presque eu lieu, le couteau a repris sa place dans l'étui du chef, le terrain est nettoyé, il n'est plus question de mort à présent, ni de se l'offrir, ni de la donner, reste à retourner aux épluchures de courgettes.

Le retour annoncé de Jeff dans trois jours ne suscite chez Nour aucune excitation. Elle n'éprouve pas non plus de soulagement, elle se découvre vidée de la moindre attirance pour cet homme. Ça n'est pas du dégoût, encore moins de l'appréhension, juste des émotions éreintées. Elle cherche une amarre à ce qu'il lui reste de sentiments, elle se secoue pour faire remonter *quelque chose* à la surface, mais rien ne vient. C'est comme si l'amour était tombé trop loin. Elle imagine qu'il faudrait un tremblement de terre ou un naufrage, des jours de recherche entiers pour en retrouver une bribe, un souffle, une lueur. Elle veut y croire, mobiliser ses bras, ses poignets, ses jambes pour prêter main-forte aux secouristes. À la place, elle s'observe inerte et constate, impuissante, la stérilité de cette excavation forcée. Ce qu'il reste de Jeff et elle est enfoui sous une tonne de gravats ou égaré dans les abîmes d'un océan. *Navré, on ne peut plus rien pour vous.* En un drame et des poussières, le vent a tourné. Jeff n'est plus qu'une entité abstraite, sans détails, ni profondeurs ni aspérités. En silence, plusieurs fois d'affilée, elle a articulé son prénom, par pure provocation, espérant déclencher un événement, mais rien n'est venu.

Les jours suivant la soirée de biture, Nour renonce à se rendre au journal, un certificat médical remis par son généraliste justifie une absence prolongée d'une semaine durant laquelle elle s'attache à ne rien faire, à ne pratiquement rien dire, à ne pas bouger. Patiente, elle attend que le temps produise une échappatoire. Mais au terme de chaque journée, elle constate laconiquement le néant, en espérant que, peut-être tous ces riens mèneront enfin au progrès. Pourtant, chez elle, d'évolution il n'y a point. Tuer quelqu'un par accident s'avère totalement contre-productif. Elle découvre avec amertume qu'il n'y a rien à retirer de la morale, ni d'aucun raisonnement palliatif, pas plus qu'il ne lui semble pertinent d'attendre quoi que ce soit du principe de volonté.

Le lundi d'après, elle retourne au journal et livre le salut de son âme à n'importe quelle opportunité ; elle accepte des tâches inédites, elle s'engage de manière désordonnée, elle discute avec des gens qu'elle n'estime pas.

Le soir même, en guise de dîner, elle recouvre sa tartine toute simple de beurre demi-sel. Elle observe l'assiette blanche et ronde posée devant elle, accompagnée d'une serviette en papier vert clair achetée en paquet de cinq cents chez Ikea et d'une tasse de thé bio. Son existence s'apparente à celle des autres en tout point et ça la rassure, cette banalité dans laquelle, pour l'heure, elle aimerait se nicher. Au fond, sa seule et unique singularité, c'est le drame. Il n'y a qu'elle parmi sa famille, ses amis, ses relations professionnelles, qui a définitivement supprimé quelqu'un de la surface du globe. Cette infecte médaille lui pend au cou comme un étendard cadenassé. Irréversible. Elle va demeurer *la fille qui* pour le restant de ses jours.

Le gardien porte un prénom touffu comme sa barbe : Ignace. 1 mètre 93, 112 kilos, il accompagne le détenu Ponthus à son rendez-vous avec Mme Lacey au bureau d'orientation, situé à l'extrémité du couloir ouest de la prison. Moite et pesant, le maton marche péniblement, ses pieds frappent le lino comme des maillets le tambour et Yarol se demande comment diable il courserait un fuyard. Ponthus apprécie Ignace. Quelque chose chez cet homme bancal, colosse à la dégaine baba couronné d'une masse de cheveux noirs, lui arrache une tendresse à laquelle il se réchauffe au passage. La plupart des gardiens ont pour Yarol un respect manifeste, la mort de Constance, cette jeune femme pourtant inconnue de tous, les a profondément bouleversés et depuis, ils ménagent le père endeuillé. Même dans cet antre des affligés, la compassion est un sentiment qu'aucun jugement pénal ne peut dérouter.

À coups d'empreintes baobabs, Ignace déverrouille quatre portes blindées dont le dispositif fraîchement digitalisé renforce la sécurité, obsessionnelle. Il progresse de quelques mètres puis, mortifié comme s'il avait commis une faute de gosse, se retourne vers Yarol et lui souffle, du bout de ses lèvres charnues comme des anguilles, *Je suis désolé pour ta fille.* Et ce faisant, il le prend de court, le Boss, qui ne s'attendait pas à ça, à cette phrase minuscule et si banale qui lui arrache pourtant ce qu'il lui reste de membrane au cœur. Yarol ravale un sanglot et renifle, sa main fouette l'arête de son nez comme s'il voulait réprimer une démangeaison, tentant de mater ce chagrin qui, de toutes parts, contrarie son corps caillouteux.

— J'en ai une aussi.

Ignace regrette aussitôt sa phrase, tout en sueur, il bégaie en monèmes opaques, quasi sibyllins, puis se reprend, *Je suis de tout cœur avec toi.*

— Y a pas de mal, Ignace.

Yarol appuie ses mots d'un signe de tête et poursuit son chemin, trois pas devant le gardien comme le veut le protocole pénitentiaire que, depuis bien longtemps, il a fait sien.

Dans son pantalon beige, Lacey l'accueille avec la déférence due aux âmes déchirées. Elle aussi lui témoigne sa sympathie et l'assure de son soutien, elle y met les formes, ses mots, bien mieux assortis que ceux d'Ignace, n'ont cependant pas le même effet. Yarol se contente de fermer les yeux quelques secondes.

— Il faut qu'on parle de votre libération.

Désormais, pour Ponthus, quitter la prison n'est plus une option. Que vaut cette soudaine possibilité d'agir sans contrainte hors de ses murs qui l'ont hébergé de force mais hébergé néanmoins, s'il ne ressent pas le moindre sentiment de libération ? Tout le paralyse, autant les souvenirs que les perspectives. Il se sent raccourci, sa dérisoire existence amputée, son souffle court lui donne la nausée, il n'est pas homme à prétendre à un avenir. Être libre est un droit dont il ne souhaite plus disposer.

— Je ne veux pas sortir.

— Comment ça ?

Yarol se sent minus à se confier de la sorte à cette femme qui a la moitié de son âge. Quelle pire humiliation pour un être humain que d'avouer aussi clairement son inaptitude à la délivrance ?

Alors il ne dit plus rien, il esquive en bredouillant trois mots racrapotés. L'autre fait mine qu'un truc lui a échappé et poursuit comme si elle n'avait rien entendu, décrivant bille en tête les contours d'une liberté future qu'elle décrit comme « une formidable opportunité de recommencer de zéro ». Zéro, pense Yarol, c'est exactement ça. Et, sans plus lui poser la moindre question, Lacey se lance dans une explication sur les différentes options qui s'offrent à lui, fait état de ses ressources financières forcément maigres, *rassurez-vous, des solutions existent*, mentionne des aides du centre d'action sociale, de l'assistance publique et évoque toutes sortes de logements sinistres, dont Yarol se fout complètement. La dame lui parle de liberté comme si elle vendait une gazinière : utile mais dangereuse.

Le soir, dans sa cellule, Yarol réfléchit au sens que n'ont plus les choses.

Couché sur son matelas en mousse rabougrie, il a l'impression d'être une barquette de fromage frais ou un pot de yaourt, placé maladroitement au rayon produits d'entretien, qui se demande ce qu'il fait là, et il se dit que, s'il était du fromage ou du yaourt, il ne se poserait pas de telles questions et, enfin, le sommeil advient, avant une nouvelle journée, la huit mille sept cent soixantième entre ces mille deux cents murs.

Depuis l'enterrement de Constance, Simon dort mal. Il se réveille à 4 heures du matin et, ensuite, c'est comme s'il rejouait la partition de chaque moment partagé avec elle, chargée d'une tension qui l'embarrasse. Il regrette de ne pas avoir été plus distant, plus clair aussi. Il a le sentiment de s'être fait embarquer dans un drame auquel il se sent étranger. D'aussi loin qu'il se souvienne, de son côté, leur relation n'a jamais été teintée de sentiments forts, pourquoi donc a-t-il passé tant de temps avec cette femme ? Il serait bien incapable d'expliquer ce qui, précisément, chez elle, l'a attiré, son intériorité ondoyante, sa propension à dépendre des autres, son envie pressante et insistante d'être liée à lui ?

Il aurait dû écouter son instinct, lui dire *non*, tout simplement. Maintenant qu'elle est morte, il porte en lui les racines d'une responsabilité qu'il ne parvient pas non plus à expliquer. Personne ne lui reproche rien, un accident est un accident, mais il éprouve cette sensation émétique que la mort soudaine de Constance laisse dans son sillon des cratères fiévreux et des cendres de remontrances dont il voudrait s'éloigner au plus vite.

Ce soir, Ida vient dîner et elle aime qu'il soit proprement habillé. Il ouvre sa penderie, jette un regard à son contenu et la vision de ses vêtements rangés convenablement le rassure. Un pantalon en toile, pas de jeans surtout, une chemise bien repassée et peut-être un pull par-dessus. Il ira se raser aussi, elle abhorre la négligence qu'elle considère comme une chute.

Il aime cette nouvelle image d'homme ordonné, c'est nouveau, c'est depuis Ida. Change-t-on à ce point, aussi vite ? Cette idée l'inquiète un peu mais il a trop à gérer en ce moment pour s'y attarder.

Une chemise bleu clair, la troisième en partant du haut, retient son attention. Il la saisit, la déploie et c'est ainsi que, pour avoir voulu plaire de nouveau, il découvre par surprise un paquet de feuilles plié en quatre et glissé dans le tissu du vêtement. Le ballotin manuscrit tombe sur le tapis au sol, Simon s'empresse de le ramasser, la curiosité l'étreint, *qu'est-ce donc que ceci*, qui apparaît de plus en plus clairement, au fur et à mesure qu'il déplie les documents, comme une somme de lettres.

Il s'assoit sur son lit. Au début, il ne reconnaît pas l'écriture. Ce n'est qu'en parcourant les phrases qu'il prend conscience, effaré, de l'identité de son autrice. Une correspondance d'outre-tombe.

4 février 2020
J'ai commencé à lire *L'Ordre du jour*. J'y vois un parallèle avec notre histoire, à Simon et à moi, la grande en miroir de la petite, quelque chose comme ça. Suis-je l'Autriche ? Je suis la faible, l'ai toujours été. Pire, je suis l'Absente. Je pensais, à tort, que c'était l'apanage des maudits d'être annexés.

Mon Dieu. Il murmure pour lui-même, pose le paquet de feuilles sur son lit et s'assoit juste à côté. Il ose à peine tourner les pages, une vingtaine de textes courts, tous datés, par ordre croissant comme s'il s'agissait d'indiquer une direction.

5 février 2020
Aujourd'hui, c'est l'anniversaire de la mort de maman. Le père Diego a sonné à ma porte ce matin pour me proposer de l'accompagner au cimetière. Il a prié à haute voix. Mon Père, seriez-vous disponible dans neuf jours pour célébrer mes funérailles ? Finalement je n'ai rien dit.

Putain, souffle Simon, la sidération s'empare de lui, son rythme cardiaque s'accélère encore.

Fuck ! Fuck ! Fuck !

Dans le frigo, il attrape une bière qu'il décalotte avec force puis plonge sa main dans une boîte de mouchoirs, empoigne quelques Kleenex en vrac et, dans cette broussaille de papier recyclé, il enfouit son visage exsudant des larmes déroutantes. Il aimait bien Constance mais il ne l'aimait pas. Vers lui mais contre son gré, elle revenait chaque fois, *comme un labrador*, et lui confiait des choses qu'il n'avait pas envie d'entendre, lui remettait les clés de sa maison hantée, le forçait à y entrer parfois, pour qu'il y constate la ruine intérieure et les courants d'air glacials. Elle lui parlait de son père, l'assassin, comme elle l'appelait parfois, dans un mélange d'aversion et de curiosité. Elle racontait ce qu'elle ignorait de l'homme infâme qu'elle imaginait et cherchait sur le visage de Simon une réaction qui lui dicterait ses propres sentiments. Simon tentait d'être magnanime, lui parlait de résilience et de pardon, sans y croire vraiment, *tu devrais discuter avec Diego*, lui conseillait-il parfois, *c'est son taf ces trucs-là.* Mais elle n'y allait pas. À Simon et à Simon seul, elle désirait se confier. Un jour, elle lui avait raconté que, si elle avait un enfant et qu'on lui interdisait de le voir, elle en mourrait. *Il a été condamné deux fois, Simon. En prison pour vingt-cinq ans mais aussi pour l'éternité.* Et du bout des doigts, elle avait anéanti une larme naissante. De temps à autre, aussi, plus rarement, elle se désolait d'avoir eu comme alternative une mère rancunière dont la colère sonnait le glas de leur libération commune.

Simon, debout, canette en main, discerne sa propre silhouette dans le miroir du fond, son visage est creusé, *le labrador s'est donné la mort*, et à part pleurer encore sur cette femme mystère, il ne sait pas quoi faire.

Ida ! Soudain, ça lui revient. Ida, en chemin, ne doit plus être très loin. Il sursaute, lâche sa bière, il sait déjà qu'il ne pourra pas la voir, n'imagine pas l'appeler pour lui expliquer les lettres et ce qu'elles contiennent, ça lui semble violent, inadéquat, presque saugrenu. Ida ignore tout de la mort de Constance, jamais Simon n'a mentionné son existence.

Lorsqu'on sonne à la porte, il demeure figé de longues secondes, il n'a pas la moindre idée de comment agir ou de quoi dire, alors il ne fait rien, il choisit de ne rien faire, son corps lourd englué dans le parquet, il s'enfonce dans le bourbier sous lui, sables mouvants goulus, son mètre 80 s'amenuise, la sonnette retentit encore puis son téléphone posé sur la table se met à vibrer. Simon demeure immobile. Pour la première fois, il est fidèle à Constance.

Saint-Rémy ressemble à un château médiéval au cœur de la ville que personne n'a pris soin d'entretenir. Les murs crasseux sont d'un gris spélonque, on se sent presque tenu de guetter rats et cafards, ça sent le Moyen Âge et la chipolata. Chaque fois qu'il y vient, le père Diego s'étonne du délabrement. Avant de devenir aumônier de prison, il pensait que l'univers carcéral, comme le reste, avait évolué. Naïvement peut-être, il lui semblait qu'un être humain était un être humain et que dans un désir ardent de se renvoyer l'image d'une somme d'institutions civilisées, il tenait à cœur à la société de ne négliger aucun de ses recoins. Et pourtant, dans cet endroit, il a toujours l'impression de se trouver dans un autre monde, coupé du réel, une césure du temps et de l'espace. Au-delà des barreaux, l'air brassé en circuit court manque et les murs, dressés trop haut, trop nombreux, trop épais, renvoient à la lumière des airs misérables. Ce n'est pas vraiment la nuit, seulement un vieux jour effaré qui ne rafraîchit plus ni les illusions, ni les idées. Saint-Rémy est un dédale asphyxié où les larves restent larves et où jamais un papillon ne voit le jour. Deux jours auparavant, lors d'une visite à un autre prisonnier, le curé a croisé Bompieux qu'il connaît bien et à qui il a adressé une demande de parloir pour le détenu Ponthus. Et voilà Diego posté devant Yarol, à lui serrer la main comme à un copain qu'il n'est pas. Ils s'assoient de part et d'autre d'une table en formica, l'hôte a pris soin de servir à son visiteur un café qu'il a versé dans un gobelet en carton – en prison aussi on prend soin de s'adapter à l'urgence climatique.

— J'ai vidé l'appartement de votre fille, les meubles sont en sécurité dans une cave de l'église, j'ai pris la liberté de donner ses vêtements au Secours populaire, j'espère que ça vous va.

Yarol fait signe que oui.

D'emblée, le curé lui présente la caisse où il a rassemblé le contenu du sac à main de Constance, un classeur rempli de papiers administratifs sur lequel est collé un post-it jaune qui dit *telle mère, telle fille*, quelques vieux articles traitant des crimes et du procès de Yarol. Et une photo de Constance et de Maria, se tenant debout, côte à côte, devant la basilique du Sacré-Cœur de Montmartre.

Yarol saisit le double portrait qu'il observe longuement.

— Oh putain, oh putain…

Il suffoque et sanglote à la fois.

— Elle était jolie comme sur la photo, dans la vraie vie ?

Diego pose une main fraternelle sur son épaule et acquiesce.

— Oh oui, plus jolie que ça même.

De longues minutes, Yarol reste immobile, le visage prostré sur le cliché, tâchant d'épargner l'image de ses larmes qui vont s'écraser au sol par dizaines.

Tout déformé de douleur, il observe les visages graves des deux femmes sur le papier glacé et remonte en lui cette colère d'être celui qu'il est et d'avoir fait ce qu'il a fait.

— Je sais ce que vous pensez, ce qu'ils pensent tous, et moi aussi. Quand on bute cinq êtres humains, quel droit a-t-on de pleurer sur la mort de sa fille ?

— Je pense pas ça.

— Vous êtes un curé et les curés, c'est comme des saints.

Diego s'esclaffe.

— J'ai rien d'un saint, je peux vous le dire.

— Vous savez ce qu'est un AK47 ?

— Une kalachnikov.

Yarol ne s'attendait pas à ça, la vitesse et la justesse de la réponse le sidèrent. Il hausse les épaules, avant d'enchaîner.

— J'ai arrosé d'une dizaine de balles de calibre 7,62 millimètres cinq pauvres types. Et c'était pas un accident.

— J'imagine.

— Non, putain ! C'est impossible à imaginer. J'ai tué. Personne ne fait ça.

Il se tait un instant, baisse la tête puis la relève.

— Sauf elle. Elle l'a fait. Et ça nous fait un point commun.

— Qui ça, elle ?

— La dame qui conduisait.

— C'était un accident.

— Le résultat est le même.

Pour ménager le père en Yarol, Diego insiste mais prend la précaution de procéder avec douceur.

— Votre fille a traversé en dehors des clous, ce qui désengage la responsabilité légale de la conductrice.

— Elle a tué ma fille. Et je veux savoir qui c'est.

Le curé est mal à l'aise, il a soudain l'impression que c'est Ponthus qui l'a convoqué avec une idée bien précise en tête et le ton du Boss l'incommode au point qu'il n'a pas d'autre idée que de lui suggérer d'adresser un courrier au commissariat, *on ne sait jamais.*

— Vous pensez vraiment qu'ils vont me transmettre l'info ? J'ai tué quatre flics.

— Vous devriez essayer quand même, insiste le curé.

De nouveau, Yarol demeure silencieux.

— Elle était comment, ma fille ?

À dessein, le père Diego s'attarde pour répondre, il cherche ses mots et, un instant, sous l'horloge de la salle des visites, le temps s'arrête.

— Elle était la joie et la détresse. Sensible, aussi.

— Sensible ? Comment ça ?

— Dans la lune, intelligente...

Les qualificatifs abondent, en désordre, Diego tente d'être le plus précis possible, sa responsabilité est immense.

— Elle était charmante, elle faisait des super gâteaux. Je crois qu'elle écrivait et qu'elle le faisait bien. Je pense qu'elle était trop seule.

— Elle parlait de moi, parfois ?

La question est impitoyable, Yarol en a conscience et pourtant il fixe le curé dans l'attente d'une réponse.

— Maria la laissait pas. Je vous ai dit qu'elle était pas très forte en pardon.

— Mais après la mort de Maria, je veux dire. Elle posait parfois des questions ?

Son buste incliné et avec un silence qui en dit long, le curé laisse comme rarement sa légendaire répartie l'abandonner.

— Merci pour les affaires de Constance.

Yarol saisit la boîte et tourne les talons sans un mot de plus.

— Attendez !

Le curé le hèle et extrait de sa poche un livre qu'il tend à Ponthus.

— Y avait ça sous son oreiller.

Yarol pose la boîte et saisit le bouquin, lit le nom de l'auteur en fronçant les sourcils.

— Éric Vuillard, connais pas. C'est bien ?

— Je l'ai lu cette nuit. C'est l'histoire d'un désastre annoncé. Que personne n'a rien fait pour éviter.

> « La cervelle est un organe étanche. Les yeux ne trahissent pas la pensée, les mimiques imperceptibles sont illisibles aux autres ; on croirait que le corps entier est un poème dont nous brûlons, et dont nos voisins ne comprennent pas un mot. »

Il est minuit. Délicatement, comme s'il tenait de l'or entre ses mains, Yarol referme *L'Ordre du jour*. Cette nuit-là, il s'endort tout à côté de la boîte et du livre, avec le sentiment d'être proche de sa fille, plus proche qu'il ne l'a jamais été. À quelques centimètres de son propre corps, entre les pages, reposent les vestiges de son enfant, quasiment canoniques, mystérieuses cicatrices de leurs trajectoires manquées.

De béton et d'acier, le bureau de la commissaire est froid comme une cellule de prison. L'éclairage blafard provient d'un néon sénile et lacté qui diffuse un pastiche de soleil. À son corps défendant, Leïla Bercot a l'air malade. Assise derrière son bureau métallique, la jeune femme aux cheveux tressés porte un uniforme qui tombe parfaitement sur sa silhouette frêle.

— Merci d'être venue. Comment allez-vous ? demande-t-elle.

— Bien, et vous ?

La réplique de Nour, quasi automatique, la fait sourire.

— Je sais que ce n'est pas simple, ce qui vous est arrivé.

— Ah oui. C'est gentil. Ça va. Enfin, ça dépend.

Leïla Bercot acquiesce, satisfaite de sa réponse raisonnable. Devant elle, un dossier béant, ses pages comme de vulgaires jambes écartées, d'entre lesquelles elle retire une enveloppe.

— J'ai un courrier pour vous.

Persuadée qu'il s'agit d'une condamnation immédiate, conséquence logique à son action meurtrière, Nour fond en larmes. Ses sanglots jaillissent en flots abondants. Elle opine, anticipant la sentence et ses mots, déformés par l'égarement, se confondent en un raffut nébuleux. La prison, voilà qui aurait du sens. Évidemment. La seule issue à ce drame, c'est l'enfermement. Le vrai, pire encore que celui, psychologique et moral, de ces dernières semaines, une réclusion bien plus radicale.

— Je vais être jugée ? Je suis condamnée ? Je vais en prison, c'est ça ?

La commissaire ramène son buste en avant, au plus près du bureau qui les sépare. Elle a besoin d'être parfaitement entendue.

— Non. Pas du tout. Pourquoi seriez-vous jugée ?

Nour est confuse, elle inspire plusieurs fois d'affilée.

— C'est quoi cette lettre ?

— Elle a été envoyée par l'administration pénitentiaire de Saint-Rémy. Regardez, c'est écrit sur l'entête.

Volontaire, Bercot tend le document à Nour, qui l'observe à peine.

— Du coup, je me suis renseignée, poursuit la commissaire. Le père de la victime est un détenu longue peine incarcéré dans cet établissement. Ça a peut-être un lien.

— Le père de la fille que j'ai tuée ?

— Renversée. Accidentellement, recadre Bercot.

— J'ai renversé la fille d'un criminel ?

Bercot acquiesce.

— Vous n'êtes pas obligée de la lire. Ni même de l'ouvrir.

Nour hésite, reste muette quelques secondes, son visage plein de larmes s'agite, trahit son désarroi. Dans quel putain de merdier s'est-elle fourrée encore ? Comme si ça ne suffisait pas de tuer quelqu'un, sans doute a-t-elle trouvé le moyen de tuer la fille d'un mec qui lui-même en a tué d'autres. Elle se lève brusquement, sa chaise chavire dans un bruit de ferraille. Un flic passe devant le bureau resté ouvert et s'inquiète.

— Ça va, c'est juste une chaise, précise Bercot tandis que Nour la redresse avec une précaution infinie.

— Désolée, murmure-t-elle.

— Y a pas de quoi.

Nour se rassoit. Au sujet du criminel, elle n'a toujours pas prononcé le moindre mot, elle attend que les choses viennent à elle, comme si elle avait atteint un niveau de tarissement inédit pour ce qui relève des initiatives de la vie.

— Vous voulez la lire ou pas ?

— J'en sais rien. Qu'est-ce que je risque ?

— Juste de prendre connaissance d'une information que vous ignorez.

— Dangereuse ?

— Je n'ai pas la moindre idée de ce qui se trouve

dans cette lettre. Mais je peux vous assurer que, ici et maintenant, vous ne risquez rien.

Nour hésite encore. Elle voudrait lui dire, à cette femme commissaire, attentive et aimable, comme elle craint que s'ajoutent à l'insoutenable d'autres formes de violences.

— Je ne suis plus capable de supporter grand-chose, vous comprenez ?

Sans détour, Bercot fait signe que oui.

— Je comprends très bien. Vous avez le droit de choisir de vous épargner, bien sûr. On jette la lettre et vous rentrez chez vous. C'est aussi simple que ça.

— Mais il manquera une pièce du puzzle. Ou même plusieurs.

— Possible.

— Habituellement, je suis quelqu'un qui prend des risques. Et des décisions. En fait, non. En fait, je ne sais plus, commissaire.

— Je vais chercher un café. Vous en voulez un ?

Nour acquiesce. Rester seule, l'idée est bonne. Sur la chaise, son corps tendu soudain chancelle, ses muscles un à un fléchissent, elle cherche un filet d'air frais et, d'un coup, elle se relève, ses voies respiratoires dégagées lui donnent une énergie nouvelle. Elle se demande de qui elle tient cette faculté à ne jamais flancher complètement et, au fond, elle aimerait se sentir fière de se constater forte.

Bercot revient, portant deux cafés comme des trophées qu'elle dépose sur le bureau.

— Je suis forte, lance Nour dans un faible sourire. Très forte.

Sa voix, raide, éclipse à peine les restes de sanglots et elle renifle comme une enfant.

— Vous voulez qu'on ouvre la lettre et qu'on la lise ensemble ?

— Je veux bien.

Madame,

J'ai appris le décès accidentel de ma fille, Constance Rodriguez.

Je suis incarcéré au centre de détention Saint-Rémy.

J'aimerais vous rencontrer. Me feriez-vous l'amabilité d'une visite ?

Cordialement,

Yarol Ponthus

Un samedi sans mariage ni messe, Simon frappe à la porte en noyer du bureau du curé. Le père Diego travaille à la préparation du sermon dominical, son gros crâne à demi chauve penché sur un carnet qu'il noircit à l'aide d'un porte-plume à l'ancienne. L'Évangile de Saint-Jean revisité à sa manière, mélange de Rimbaud et de Booba, des phrases antiques toutes en langueur peuplées de punchlines pour que, putain, ça revive. Le curé est connu pour réparer les paumés avec de la colle à mots, des justes mots, ceux en qui les jeunes, mais pas seulement, ont une absolue confiance.

— Mon père, j'ai un truc à vous montrer.

Depuis l'embrasure de la porte, Simon tient dans une main une enveloppe en papier mordoré et, de l'autre, la désigne de ses doigts nerveux, comme s'il y avait urgence à joindre le geste à la parole.

— Je l'ai découverte dans mes vêtements. Glissée dans mon armoire, entre deux chemises. C'est dingue.

Ses mots empressés sont étouffés par son souffle court.

— Ce sont des lettres de Constance.

Le curé pose sa plume et fixe Simon sans ciller, comme s'il attendait cette révélation depuis longtemps.

— C'était pas un accident, mon père. Elle s'est suicidée.

En s'approchant du bureau de Diego, il jette l'enveloppe d'un geste sec.

— Je crois que je suis un monstre.

— Pourquoi tu dis ça ?

— Lisez, vous verrez.

Le soir, à la lumière de sa lampe de chevet, son grand corps allongé, Diego prend connaissance des lettres de Constance, brèves, élégamment écrites, il n'est surpris ni de la grâce, ni de la précision des textes. Elle écrit en poète le chant frêle d'une âme qui se tient prête à l'envol.

> 1er février 2020
> Simon m'a apporté *L'Ordre du jour*, d'Éric Vuillard et nous avons couché ensemble pour la première fois. Je lui ai dit : je suis un corps à prendre. Il a éclaté de rire et m'a répondu : du moment que tu m'épargnes ton cœur. Et j'ai senti une épée me traverser.

De retour chez elle, cent fois Nour relit la lettre qu'elle a reçue de Ponthus et cent fois elle la repose devant elle. Ce n'est pas seulement d'une lettre qu'il s'agit, c'est l'empreinte d'une réalité dont personne ne veut.

Officiellement, la société a désengagé Nour de ses responsabilités, mais il lui reste les vastes étendues de sa propre culpabilité. A-t-elle intérêt à accepter la requête de cet inconnu qui pourrait être tenté d'ajouter, à sa profonde blessure, un supplément d'infamie ?

Sans doute le père de Constance ne peut-il s'empêcher de lui en vouloir, même si dans son courrier, il emploie le terme *accidentel*, ce qui la soulage un peu. C'est fou ce qu'on confie d'espoir aux mots.

Elle se saisit de nouveau de l'enveloppe dont elle n'a pas vidé l'entièreté du contenu. S'y trouve encore un dossier d'une dizaine de pages, agrafées d'un seul tenant. Nour remet le paquet de feuillets dans son fourreau en kraft, qu'elle flanque dans un tiroir de la cuisine, tout au fond, prenant soin d'entasser d'autres papiers par-dessus, comme si elle l'immergeait. Elle ressent ainsi un certain pouvoir à décider d'ignorer une partie de son contenu, qui la remplit d'une sérénité éphémère. C'est sa manière de défier l'imposante autorité de ce message, dont l'auteur a présupposé qu'elle prendrait connaissance.

Et si elle refusait ? Son plein droit n'est-il pas de l'ignorer ?

Deux jours passent et Nour ne cesse de manger, de travailler et de dormir aux abords de l'enveloppe. Parfois, elle ouvre le tiroir, l'exhume et lui jette un regard de haine, parfois, elle la prend, la jette puis la ramasse et la froisse. Chiffonnés, les différents feuillets gisent, esquintés, bousillés comme si elle les avait roués de coups. Pourtant, les mots de Yarol Ponthus l'attendent et tous les chemins y mèneront, qu'elle le veuille ou non.

Les articles que Nour consulte à propos de Ponthus sur Internet sont explicites. En quelques heures, elle prend la mesure de son action délictueuse, à la fois terrifiante et fascinante. Elle débroussaille les informations en retenant sa respiration, comme si elle évoluait dans une jungle maléfique d'une densité redoutable. Au fil de cette succession de macabres découvertes s'esquisse un sentiment de satisfaction étrange, comme si l'excessive monstruosité de cet homme réduisait temporairement l'ampleur de sa propre faute.

Un article mentionne l'histoire d'un pauvre type, Barthélemy F., boulanger, père de trois filles, se trouvant par accident pile sur la trajectoire d'une balle perdue et devenu paraplégique. L'enquête n'est jamais parvenue à statuer avec précision sur la provenance du tir : la kalachnikov de Yarol ou celle d'un de ses comparses ? Avec un certain aplomb, le journaliste conclut que Ponthus serait un tueur de flics obsédé par l'idée de dézinguer l'autorité, et Yarol a toujours contesté cette hypothèse, gueulant dans l'enceinte du tribunal qu'il s'agissait seulement de se défendre, qu'il n'y avait rien de personnel à cibler les forces de l'ordre, juste une évidente obligation de survie.

Obligation de survie. Ces mots résonnent en Nour. Qui se laisserait abattre comme un chien par simple considération morale ? Un truand, pense-t-elle, quoi qu'il ait commis, se défend lorsqu'il est assailli et que sa vie est en danger. Il tire en retour, forcément. Et le fait que sa démarche originelle soit éthiquement blâmable ne change rien à son réflexe de survie. L'assassin n'est pas kamikaze. Et lorsque, des années plus tard, un homme qui a tué plusieurs fois se trouve face à un deuil qui le terrasse, sa tristesse n'est en rien affaiblie. On ne souffre pas moins lorsqu'on a soi-même abattu cinq personnes, même si l'on est condamné pour une partie d'éternité. La douleur infligée à autrui n'atténue pas la sienne. Ainsi, se dit-elle, la quantité de chagrin d'un tueur équivaut au chagrin de n'importe quel autre homme. Et sa responsabilité à elle demeure inchangée, peu importe le profil du père à qui elle a volé la fille.

Trois jours passent encore et elle finit par ouvrir le pli en papier kraft ; l'ensemble des griefs de la société à l'encontre du dénommé Yarol Ponthus est là, inscrit sur le papier, en une longue description chirurgicale, la confirmation de ce dont Internet lui a donné un aperçu : des crimes, des morts, des flics. À l'évidence, il lui a fait parvenir ce document pour qu'elle sache à qui elle avait affaire. La rumeur, la vindicte populaire ou le préjugé n'ont plus lieu d'être, tout est là, listé sous ses yeux. Elle a le sentiment de manquer d'un équipement adéquat pour parvenir à se forger un avis. Une double inconnue s'impose à elle : non seulement elle ne sait pas quoi penser, mais elle sait qu'elle ne sait pas. Ce qui la positionne dans un no man's land émotif, une forêt profonde qu'elle ignore comment quitter, mais qui lui permet au moins de déposer là, sur ce terrain vierge, toute l'ampleur de sa perplexité. Est-elle seulement une personne rationnelle ? Une personne rationnelle n'aurait-elle pas été immédiatement révulsée par le passé de cet assassin ?

À la suite du dossier judiciaire de Ponthus se trouvent une dizaine de pages noircies, rédigées à la main en 2016 par le détenu, adressées à Constance et restées sans réponse, le courrier ayant été renvoyé intact à l'expéditeur. Onze feuillets, elle les compte, couverts d'une écriture tendue, quasi essoufflée, qui implore de savoir. Ce qu'elle est devenue, ce qu'elle fait au quotidien, est-elle mariée ? a-t-elle des enfants ? Une série de questions prosaïques auxquelles se trouvent mêlées quelques suppliques, celles d'un père qui demande à sa fille la grâce, comme autant de prières jetées au ciel.

> J'ai tué, beaucoup, trop, et je sais qu'une erreur répétée à ce point ne ressemble plus à une erreur mais à une décision. Je le sais bien, ma chérie. Et je n'ajouterai aucun « mais ». Juste des regrets et des remords dont, jamais, je ne viendrai à bout.

Nour découvre un style élégant, des termes précis, chinés dans un lexique vaste et riche, à travers lesquels Yarol raconte aussi à sa fille son quotidien crasseux et ponctué des habituelles fredaines de son ami Zoltan. Il ne s'y plaint jamais et il semble à Nour que, de ce récit stoïque, ponctué d'espoir fragile, émerge le portrait d'un homme accommodant que la charité a dû conquérir avec le temps. Ponthus use de mots simples mais parfaitement choisis pour raconter la vie d'un être vieillissant, avide de calme et de silence, plongé dans les livres bien plus qu'auparavant, qui aime follement puiser dans la bibliothèque des romans autant que des bouquins de philo et porte à présent des lunettes de lecture – ça lui donne des airs d'intello qui le réjouissent.

Je suis devenu sage, j'aimerais tant que tu puisses le constater toi-même.

Plus elle progresse dans sa lecture, plus elle se sent envahie par la compassion. Ce père humble, qu'elle imagine petit, assis sagement au bureau de sa cellule, qui rédige avec cette lettre la chance de sa vie, pour récupérer de sa fille le peu qu'il reste, conscient du risque, immense – elle ne répondra d'ailleurs jamais. Peut-être le pressent-il en écrivant ces mots, rachitiques bouteilles à la mer rongées par le sel du mépris filial.

Nour essaye aussi d'imaginer ce qu'il a fallu de courage à Constance pour vivre sans cet homme. Pardonne-t-on plus aisément à son père le crime ou la désertion ? Les ruines ou la déroute ? Le gâchis ou le gâchis ?

La nuit est pleine lorsqu'elle termine sa lecture, elle est assise sur son lit, les lettres de Yarol couchées sur le matelas, elle entrevoit l'ironie de lui rendre visite en prison. Elle qui craignait tellement, depuis l'accident, d'y être envoyée, voilà qu'elle y est invitée. S'imaginer face à lui, rien que l'idée la paralyse, elle devient statue, sauf son cœur qui laboure sa cage thoracique, tant, qu'elle doit s'allonger. Elle dispose ses jambes à la verticale, contre le mur, le haut de son corps est étendu sur le tapis. Peut-être sont-ils tous trois captifs d'un lien funeste, impitoyable ciment de leurs destins croisés ? Nour a beau chercher, elle ne voit pas quelle situation plus malheureuse peut s'imposer à ce père. Et elle réalise que, à moins d'être la meilleure d'entre tous, ce que bien sûr elle n'est pas (elle n'est rien d'autre que l'une d'entre tous), on ne refuse pas, on ne refuse jamais la main tendue d'un être à terre. Alors, elle pense à son père, si doux, gentil, normal, lui n'aurait pas fait de mal à une mouche. Les traits de son visage apparaissent affadis, fragiles, elle tente de les maintenir à la surface. À défaut de maîtriser ses angoisses, elle veut retenir les souvenirs, son père qui parle, son père qui rit, sa démarche bizarre qui le distinguait de loin, ses jambes arquées comme s'il était monté à cheval toute sa vie, les volutes de son cigare flottant sous la voûte en briques rouges du salon, et ça l'apaise.

Du cran et de l'audace, prendre sa vie par la face nord, se convaincre du bien-fondé de ce qu'elle s'apprête à faire, s'assurer que ça va aller, elle crie *papa, papa, papa, papa*, un gueulement un peu fou pour se souvenir qu'à présent il ne lui reste que ça.

Bompieux prend des nouvelles de Yarol régulièrement. Il passe le voir dans sa cellule, au réfectoire, se pose un long moment près de lui et parfois, comme aujourd'hui, l'aide à biner la terre du potager.

— Elle a répondu à votre lettre ?

— Non.

Le directeur est déçu pour lui, il sait à quel point le vieux est affecté. Lacey lui a rapporté que, à plusieurs reprises, Yarol a exprimé son extrême réticence à sortir, sa hantise même, et il se sent profondément concerné. On parle souvent de la difficulté d'arriver en prison, mais qui comprend la difficulté à la quitter ?

Quentin Bompieux s'assoit à côté de Yarol, à même le sol, aux abords du périmètre des carottes.

— On peut pas prolonger une peine ? interroge Ponthus.

— Non.

— Aucune dérogation possible ?

— On dépend du ministère de la Justice, on n'est pas un hébergement d'accueil.

Bompieux semble désolé. Son intérêt sincère, il s'en rend compte après quatorze ans à diriger cette maison d'arrêt, est d'accompagner les repentis vers leur retour à la vie. Sa mission officielle consiste à encadrer avec autorité les détenus au quotidien mais pour un mec comme lui, le sens, le vrai, serait de réussir leur réinsertion. À tel point qu'il lui arrive de vouloir changer d'affectation, il rêve parfois et s'imagine développer des points d'ancrage pour d'anciens prisonniers que la liberté aurait eu du mal à apprivoiser.

— Ça va aller, Yarol. Comme pour toute situation nouvelle, on anticipe dans l'angoisse et, une fois qu'on y est, on réalise que tout est bien plus gérable qu'on ne le pensait. J'essaie d'apprendre ça à mes enfants, aussi.

Il s'en veut d'avoir mentionné ses filles et dérogé ainsi au protocole de sécurité. Ça lui a échappé. Comme si le deuil du père assis à côté de lui tendait à effacer leurs disparités.

— Moi j'en ai plus, d'enfant.

Bompieux ne répond pas, lui passe un bras pardessus l'épaule, il n'a pas d'autre idée que de rassembler brièvement son corps et le sien, on est comme les animaux, pense-t-il, la chair a besoin, sinon de s'étreindre, au moins de se toucher.

— Elle va répondre, la dame. Faut lui laisser du

temps. Faut se mettre à sa place, vous n'êtes pas l'abbé Pierre non plus.

Yarol se marre. Personne n'a jamais osé placer son nom et celui de l'abbé Pierre dans une même phrase.

— Même si vous avez fait des progrès, ajoute Bompieux.

— Je vais pas me plaindre, je sais bien que je peux pas me plaindre, mais vous savez le pire dans mon cas ? C'est pas les murs tout autour, parce qu'au moins ici on se parle entre nous, on se voit les uns les autres, on se considère, mais qu'est-ce qui m'attend dehors, hein ?

— C'est pour ça qu'on a des agents de réinsertion.

— *Bullshit.*

— Vous ne serez pas seul. Peu importe ce que vous croyez maintenant. La vie est faite de mille surprises, vous verrez.

— C'est à moi que vous parlez, bordel.

Yarol se lève brusquement.

— La condescendance, ça m'emmerde, vous devriez le savoir depuis le temps.

— Je comprends. Mais en fait, y a pas mille solutions.

Le directeur, levé à son tour, accompagne Yarol qui quadrille le potager d'un pas tendu, il s'affaire autour du carré des herbes aromatiques, Bompieux juste derrière, l'un et l'autre procédant en silence, parfois Ponthus se penche et arrache à la terre un pissenlit ou un liseron, puis se relève et poursuit le tour de sa colère.

Diego a lu les lettres de Constance et il se demande ce qu'il y a à protéger ou à défendre. La liberté d'un homme d'additionner une aventure à une autre ou celle d'une femme à être fragile et sensible. Il y a quelque chose de tristement familier et caricatural à imputer à ceux qui ont une bite et en usent avec légèreté le malheur de celles qui n'en ont pas. Il pense ça et se déteste aussitôt de l'avoir pensé. On n'est pas curé pour se vautrer dans les mêmes travers que le reste de l'humanité.

Diego a convoqué Simon, le fait asseoir dans le vieux fauteuil en cuir de son salon et, sans lui demander son avis, lui sert un verre d'un whisky ancestral, c'est comme ça qu'il aime à le définir, peu importe que la distillation ait eu lieu en 2017.

— Bois ça, mon grand, et ensuite on cause.

D'une traite, Simon siffle le liquide ocre qui coule dans sa gorge et brûle une à une toutes les métaphores et tous les cris intérieurs qui s'acharnent depuis des heures à le réduire en miettes.

— Je l'ai tuée.

— Elle s'est tuée.

— Mon attitude l'a encouragée.

— Tu es un homme libre.

— Ma liberté l'a étouffée.

— Constance était étouffée depuis longtemps. Bien avant toi.

— Alors disons que j'ai contribué à précipiter sa mort.

— Il y a toujours quelqu'un ou quelque chose pour précipiter la mort. C'est universel.

— Je savais que vous diriez ça.

— Que je dirais quoi ?

— Que vous arrondiriez les angles. C'est pour ça que je vous ai apporté les lettres à vous et à personne d'autre. Vous étiez le seul qui ne m'accablerait pas, j'en étais sûr.

— Qu'est-ce que tu essaies de me dire ?

— Si je l'avais assassinée, vous auriez été clément de la même manière.

— Et ?

— Ce que vous me dites ne reflète pas la réalité.

— Qu'est-ce qui reflète la réalité dans ce cas ?

— Mon jugement et celui des autres. Vous n'êtes qu'une méthode Coué qui boit du whisky.

— Et toi qu'un petit con d'égoïste qui s'est bien foutu d'elle.

Simon se lève d'un bond, pose brusquement le verre sur la table basse en bois fumé et se dirige à grands pas vers l'entrée.

— Tu oublies les lettres.

Diego lui tend l'enveloppe, Simon la regarde comme une incandescence hostile, la saisit promptement et s'en va, laissant derrière lui la porte grande ouverte.

Au journal, la pression est retombée, le secrétaire d'État exhibo a donné sa démission et il est rentré chez sa femme *la queue entre les jambes*, le jeu de mots trouvé dans la presse est pitoyable, mais c'est ainsi. Nour prépare les notes de frais, la fin du mois lui offre cette tâche intruse, les sommes remboursées à chacun des journalistes et la nature de leurs dépenses lui font regretter parfois de ne pas avoir été plus opiniâtre.

Elle retrouve Rosa pour le déjeuner, lui raconte la lettre de Ponthus et la multitude de tourments qui va avec.

— Tu as raison d'y aller.

— T'es sûre ?

— Non.

Nour dévisage son amie qui mord avec gourmandise dans un chawarma au poulet.

— T'es sérieuse ?

— Je trouve que tu as raison d'y aller, mais je ne suis pas certaine que tu aies raison d'y aller. Ce sont deux choses différentes, non ? questionne-t-elle la bouche pleine.

— Quelle est celle des deux qui prévaut ?

— Aucune. Ton cœur, ton instinct, j'en sais rien. Fais parler l'animal en toi.

Nour sourit, elle lève la tête, fixe le plafond un instant et inspire profondément.

— Je vais faire ce pour quoi je pense que tu as raison de penser que j'ai raison.

— Bien, conclut Rosa. Je suis d'accord.

— Ça fait du bien de déjeuner avec toi.

— Je n'en doute pas, ironise la journaliste.

Après le déjeuner, Nour retourne à ses dossiers administratifs. À cette heure-ci, Jeff doit être rentré d'Afrique du Sud, elle n'a pas hâte de le revoir et ce constat, combiné à la peur d'accepter le rendez-vous avec Yarol, fait naître en elle des émotions contradictoires ; elle se presse de terminer son travail du jour, sur sa poitrine gambille une pesanteur inhabituelle.

À son retour à l'appartement, il l'attend, assis dans le canapé en velours olive, une enveloppe brune posée sur ses genoux. Elle ne comprend pas tout de suite, naïvement, elle commence par prendre de ses nouvelles, ce sont des choses qui se font.

— Qu'est-ce que c'est que cette merde ? demande-t-il en brandissant le pli.

— Je te demande pardon ?

— Ne me dis pas que tu comptes y aller ?

— Ce courrier ne t'est pas adressé, Jeff.

— Je refuse que tu ailles voir cet homme ! C'est un fou dangereux.

— J'ai tué sa fille.

— C'était un accident.

— Ça ne l'empêche pas d'être morte.

— Lui a tué quatre personnes !

— Cinq. Tu as mal fouillé.

— Je t'interdis d'y aller.

Nour éclate de rire, d'un rire inhabituel, lourd, presque obscène. Elle fixe Jeff, vexé, qui brusquement jette l'enveloppe sur le canapé comme il l'enverrait crever au cachot.

— Tu n'as rien à m'interdire. Rien du tout.

— T'imagines si ça se sait ? Tu les imagines les gros titres ? *La belle-fille du ministre de l'Industrie au chevet d'un quadruple criminel.*

— Quintuple…

— J'en ai rien à foutre qu'il en ait tué quatre ou cinq, c'est pareil, le type est un malade !

— C'est tout ce qui t'intéresse ?

— Je me fais du souci pour toi.

— Pour ton père, surtout. Ton sacro-saint père, le roitelet minus en son cagibi qui se prend pour un empereur.

Jeff recule à peine, de quelques centimètres seulement, le mur juste derrière stoppant son grand corps :

— Quoi ?

— Tu passes ton temps à dire que tu es différent, mais en fait, tu rêves d'être comme lui. Et moi, plutôt crever que d'être un jour comme ta mère.

— Tu parles pas comme ça !

Il crie, puis se ravise, tente de reprendre le contrôle de sa respiration, il hausse le ton de nouveau, *t'es grossière !*, hésite entre grande colère et modération, au fond, il est terrassé, ses idées se brouillent, il voit flou, il lui faut masquer son désarroi, alors il beugle plus fort.

— Nour !

— Casse-toi.

L'injonction le percute en pleine face.

— Casse-toi. Répète Nour. Prends tes affaires et pars. Je ne veux plus vivre avec toi. Ça réglera le problème.

— Quel problème ?

— *La belle-fille du ministre.* C'est plus sa belle-fille. C'est personne. C'est redevenu personne.

— Nour…

— Je suis personne ! Pars. Fais ta valise et pars ! Je te laisse deux heures.

Sans plus réfléchir, Nour quitte le salon, attrape son sac, sa veste, ses clés et disparaît.

Deux semaines. La colère de Yarol s'expand comme de la mousse. Il se sent bafoué, négligé dans sa souffrance, l'inconnue qui a tué sa fille ne prend même pas la peine de lui répondre, il hurle à Zoltan :

— J'avais raison quand je te dis que je ne suis personne !

— C'est pas la question, rétorque le Hongrois. Et elle l'a peut-être pas reçue, ta lettre. Parfois les choses se passent pas comme on croit.

Yarol soupire. Il n'obtient pas le soutien espéré, il voudrait que, par solidarité avec son deuil, Zoltan adhère à toutes ses idées. Au lavabo de sa cellule, il lave ses ongles incrustés de la terre potagère qu'il vient de retourner autour de ses plants de tomates.

— Tu parles comme un prof de philo.

Le Hongrois se marre. Couché en travers du lit du vieux, il se marre.

— C'est ta came, la philo, moi j'y pige rien.

Il désigne les citations affichées au mur, Nietzsche et Schopenhauer, ces noms qu'il tente de prononcer correctement.

— Pourquoi les mecs s'appellent pas comme tout le monde ? Genre Dupont ou Leconte ?

— Bajraktari, c'est comme tout le monde, peut-être ?

— Je suis hongrois, siffle Zoltan.

— Eux sont allemands, ducon. Je sais pas pourquoi je partage mes états d'âme avec un mec qui a aucune culture.

Zoltan regarde la télé programmée sur TF1, où une jeune femme bronzée anime un jeu dans un décor trop coloré.

— Parce que tu m'aimes bien, voilà pourquoi. Elle est pas mal la gonzesse, j'avais une copine qui lui ressemblait au lycée.

Yarol ne l'écoute pas, ignore l'écran, il tourne en rond, s'accroupit à côté de ses chaussures rangées près du réchaud. Il prend une casserole, la remplit d'eau et la pose sur la flamme qui s'échappe du bec dans un souffle rauque. Puis il attrape le pot de café moulu dont il délaie une partie dans le fond d'une tasse.

— T'en veux ?

— Non.

Pendant de longues secondes, Yarol reste penché sur le liquide brunâtre qui se met à frétiller.

— Je vais la buter.

Il marmonne entre ses dents, son pied gauche cogne le pied du lit à plusieurs reprises. Zoltan n'entend rien, trop occupé à mater la fille de l'émission.

— Trouve-moi une lame.

— Quoi ?

— J'ai plus la main, Zolt. Faut que tu m'aides.

— Que je t'aide à quoi ?

— À me trouver une lame, putain. Tu m'écoutes ou quoi ?

Zoltan se redresse, la meuf de TF1 disparaît dans sa tête comme on éteint la lumière.

— Mais ça va pas, t'es malade ou quoi ?

Le Hongrois s'est raidi au bord du lit, ses mains s'agitent dans les airs.

— Tu veux lui faire la peau, c'est ça ?!

Yarol soutient son regard fermement, comme il ne l'a plus fait depuis longtemps, dans ses yeux se devine la vexation de ne pas être pris au sérieux, comme si l'idée, rien que l'idée du vieux voulant tuer cette femme qui a elle-même tué sa fille, pouvait sembler à Zoltan d'un ridicule ahurissant. Alors, Boss frappe du poing, écrase le mur devant lui et gueule un phonème confus, qui a l'éclat de sa colère noire tout entière.

— Tu m'aides ou tu m'aides pas ?

— Même pas en rêve. T'as qu'à aller faire tes saloperies dehors, quand tu seras libre. Mais ici et avec moi tu te tiens à carreau.

— Ça s'impose pas, la liberté. Yarol ferme les yeux

et, dans sa fragile obscurité, souffle : Être libre, encore moins.

Zoltan se lève.

— Tu fais vraiment chier, je vais fumer une clope.

Et se rassoit aussitôt.

— Si tu la butes, t'es reparti pour vingt ans, je peux pas te laisser faire ça.

Yarol verse le café dans une tasse frappée du logo de la série *Friends* qu'il dépose sur son bureau, une planche agglomérée installée sur deux tréteaux en sapin. Il prend place sur la chaise et plie ses longues jambes sous la tablette.

— Justement. Je la bute et je gagne un ticket pour la perpète.

Il soupire, le constat est amer, il ignore même s'il possède encore les moyens humains de tuer. C'est un truc compliqué d'ôter la vie à quelqu'un, encore plus quand on l'a déjà fait. Les conséquences sont connues. Elles sont sournoises, se manifestent là où on ne les attend pas, elles sont comme des ombres qui vous transforment en esclave.

— Je sors dans quatre ans, le Fat en 2025, Benj et Maurice aussi, tu feras quoi après ?

Yarol se déplace vers le lavabo, environ 35 centimètres à droite, à côté de la fenêtre. Ce qu'il fera, il n'en sait rien, mais quelle importance ? Au moins, ici, il aura toujours un lit et des repas, un docteur à portée de main et autour de lui des gens, peu importe qu'ils soient bardés d'une belle morale ou d'un CV de chiottes.

— Dehors, je parie sur rien. Un ancien tueur de flics, ça pèse pas lourd.

— C'est pas écrit sur ton front.

— C'est écrit sur ma conscience.

— Évidemment, si tu veux être plus catholique que le pape…

— Tu vois ce que je veux dire.

— Tu pourrais aller travailler dans une « ferme pédagogique ».

— Une quoi ? pouffe Yarol.

— Un endroit avec de la nature. C'est chic. Et tu pourrais cultiver ton potager, avec des ex-détenus, des migrants, des trans et des trisomiques. Ça s'appelle l'inclusivité, j'ai vu ça à la télé, c'est nouveau, c'est beau, c'est la vraie vie, la vie généreuse, quoi.

— Avec des élèves de CM1 qui viennent nous visiter comme des girafes dans un zoo, ajoute Yarol en ricanant, à l'idée d'un tel endroit et de lui-même.

— Bref, tu fais ce que tu veux mais je t'aide pas. Et je veux rien savoir. Et surtout, tu sais ce que j'en pense.

Et Zoltan ajoute, lançant nonchalamment les mots par-dessus son épaule :

— Tu bouges le petit doigt et je te balance, c'est clair ? Je suis peut-être inculte mais, au moins, j'ai le sens de l'amitié.

Cette fois, le Hongrois a quitté la cellule de Yarol. La présentatrice de TF1 propose de gagner des vacances, une semaine en Guadeloupe dans un hôtel *all inclusive.*

— Un peu comme ici, grommelle Yarol. À quoi bon se taper la Guadeloupe ?

La rue en sens unique est étroite et ombragée, des arbres ont été plantés récemment de part et d'autre du trottoir, de jeunes érables ont trouvé refuge dans des carrés de terre. Tout autour des troncs chétifs, on a fiché des fleurs à foison et le résultat est joli.

À hauteur du numéro 24, Nour s'arrête. C'est son premier retour sur les lieux du drame. Plus aucune trace du sang noir répandu en haricot sur le sol. La pluie a grignoté les restes d'hémoglobine logés dans les sillons du béton. Une voiture passe, sans le savoir le conducteur roule sur les résidus d'un corps, il ignore que le bitume à cet endroit abrite pour l'éternité des confettis de peau, de minuscules débris d'organes, une poudre humaine éparpillée, brassée d'efflorescences de sueur – juste avant l'impact, la victime a dû avoir peur, une fraction de seconde, assez pour que son corps encore vivant génère une adrénaline furtive, aussitôt produite, aussitôt éteinte, l'ultime soubresaut d'une fille de criminel.

Nour est revenue en espérant obtenir une réponse. C'est toujours comme ça avec les quêtes, on attend un signe. Un signal. D'où, de qui, de quoi ? De prendre un risque, mais lequel ? Le risque de marcher seule dans cette rue et d'attendre qu'émerge, à cet instant précis, du sens, au plus insensé de tous les moments.

Le jour de l'accident, une dame qui habitait le numéro 29 avait servi du thé aux policiers, aux urgentistes, à Nour aussi. Le bâtiment, en briques orange pansées par endroits de béton couleur mastic, lui rappelle celle de son enfance, achetée par ses parents après la mort de sa grand-mère. La brave femme avait légué à son fils quelques sous rescapés d'un mari cossard qui, par manque d'imagination, avait dilapidé la majorité de sa fortune au casino de Deauville, où il avait ses piètres habitudes. Granny, comme on l'appelait, était néanmoins parvenue, à l'issue d'une série de tractations futées mais contestables, à sauver de quoi transmettre à sa descendance. Nour avait déménagé avec ses parents au mois de juillet 1997 dans une bâtisse étroite et haute et sa chambre, désormais située au troisième étage, lui semblait un nid d'aigle. Assise sur le rebord de la fenêtre, elle aimait regarder les bacs à fleurs que le voisin d'en face avait accrochés sur son balcon, dans lesquels, à chaque printemps, il plantait deux pieds de lavande papillon cernés d'une tapée de fleurs en tout genre et le résultat, foutraque, quasi bordélique, lui plaisait. Mais ce qu'elle préférait, c'était observer de longues minutes ce que la rue en contrebas fournissait d'attractions. Les écoliers rentrant de l'école, les camions livreurs à l'arrêt qui obstruaient la circulation, des gens qui traversaient la rue et des voitures les laissant passer. Un jour, sous ses yeux, une Ford Fiesta avait freiné fort pour éviter un gamin distrait qui poursuivait aveuglément son ballon de foot ; Nour avait été saisie d'une frayeur colossale, avant de constater que le conducteur, transi d'effroi à la perspective de ce qui aurait pu arriver, hurlait sur le gamin doublement tétanisé. Quelques années plus tard, à mi-chemin du passage piéton au bout de la rue, un homme avait été renversé par une moto dont le chauffeur avait pris la fuite. Elle n'avait pas vu le corps distinctement, et pourtant l'incident l'avait empêchée de dormir pendant plusieurs jours, des nuits blanches durant lesquelles, le regard collé au plafond, mendiant un sommeil qui ne viendrait pas, elle se demandait ce qu'avait pu ressentir la victime au moment exact de l'impact. Rien ? La mort est une affaire de nanosecondes.

Dans la rue maudite, Nour est posée sur le trottoir comme une plume d'oie. Et juste au-dessus d'elle, de la fenêtre ouverte du premier étage, s'échappe un bruit d'aspirateur, un modèle ancien qui crache une quantité de décibels qu'on ne saurait tolérer de nos jours. Peut-être est-ce la raison de l'ouverture de la fenêtre sur le froid caustique de ce matin de la mi-mars. Comme on se débarrasserait d'une mauvaise odeur en aérant, dans cette maison on évacue le boucan. Nour le prend comme un signe, elle aimerait croire que les dieux lui font, en cette tragique occasion, de sonores gestes de la main, comme une invitation à sonner. Son index presse l'unique bouton anthracite, le long écho du carillon retentit, elle entend le tapage sourd de pas dans l'escalier et la porte s'ouvre.

Instantanément, elle la reconnaît. Elle est incapable de dire comment, pourquoi, grâce à quel trait de son visage ou quelle intonation de sa voix, mais Nour sait que c'est cette femme qui lui a servi du thé et caressé par deux fois le haut du crâne.

La dame, elle, fronce les sourcils, il semblerait qu'elle n'ait aucun souvenir de la damnée. Nour pense qu'il va lui falloir du courage pour se présenter, expliquer la raison de sa présence, *je suis venue pour vous revoir,* ou vous parler, ou vous écouter, en réalité elle ne connaît pas les raisons précises de sa venue, elle tente de placer les mots honnis dans l'ordre en espérant que le sens prenne forme.

— Je suis la conductrice qui a renversé une jeune femme, il y a six semaines.

En face, le visage s'éclaire puis se referme d'un coup, la bonne nouvelle (*je la reconnais*) suivie instantanément de la mauvaise (*je la reconnais mais dans un contexte effrayant*).

— Oh oui…, balbutie-t-elle comme une enfant. Entrez, entrez. Vous voulez du thé ?

Et la délicate proposition ramène Nour à l'infect arrière-goût d'une calamité incontrôlable, quasi liquide.

La femme extrait du frigo des roulés au chèvre frais qu'elle a cuisinés le matin, propose du pain de viande et un sirop d'ananas à la fleur d'oranger, rien au fond qui n'aille ensemble. Mais Nour se sert goulûment, mange de tout, dans l'ordre ou le désordre, sans se soucier du goût des choses. Ce qui compte, c'est ce qui s'échange, par-delà le contenu de l'assiette. Les mots ne valent que parce qu'ils sont prononcés dans cette pièce, avec cette inconnue, à 5 mètres à peine d'une fin de vie torrentielle.

— Je me souviens de votre main qui caresse mes cheveux. Et du thé.

— Ah oui le thé, la dame sourit, c'est une vieille habitude familiale, chez ma grand-mère on faisait du thé à tour de bras, chez mes parents aussi, alors je fais pareil.

— Je ne l'ai pas bu mais il m'a fait chaud au cœur.

— Il faisait beau ce jour-là.

Nour s'en souvient soudain.

— Le soleil qui brille tandis que le reste du monde s'effondre...

Phrase après phrase, elle lui raconte ce qu'elle a retenu et tout ce qu'elle a oublié, et l'inconnue, transformée en ouvrière de l'attachement, tisse peu à peu entre elles les liens du drame et concourt à desserrer l'étau de son accablante solitude.

Elle ne sait pas pourquoi, mais cette femme a acquis une légitimité totale, supérieure aux autres, si maladroits. Si Nour est venue jusqu'ici, c'est pour retrouver un peu de la solidarité qui s'est mise en place sans que personne ne le décide vraiment, en un clin d'œil, au moment de l'accident. Elle est venue lui dire qu'elle ne sait plus comment vivre. Elle est venue lui confier que, puisque ses pensées ne peuvent se regarder en face, elle contemple désormais ailleurs. Observe-t-on mieux les autres, lui demande-t-elle, lorsqu'on ne peut plus se voir soi-même ? Lorsqu'on ne ressent plus rien ?

— Rien ? Vraiment ? s'interroge la femme.

— Un rien qui fait mal.

— Je comprends. Moi aussi j'ai tué quelqu'un.

La dame a parlé fort, il faut que Nour entende qu'elle n'est pas toute seule.

— Ah bon ?

— Mon mari. Il n'y a pas longtemps.

— Vous avez tué votre mari ?

— J'ai considérablement aidé à ce qu'il meure.

— L'euthanasie. C'est pas pareil.

— J'ai accompli, comme vous, un acte irréversible qui a entraîné sa mort.

— Votre mari souhaitait mourir. Sinon vous ne l'auriez pas fait. Ça n'a rien à voir avec ce que j'ai infligé à cette fille.

— Peut-être qu'elle souhaitait mourir aussi ? Elle

s'est peut-être volontairement jetée sous votre voiture. Vous y avez pensé ?

— Ce n'est qu'une hypothèse.

— C'est une hypothèse valable.

— J'aimerais autant la vérité.

Qu'elle ait choisi de mourir ou non, elle a dû crier fort, Constance, au moment de l'impact, mais personne n'a rien entendu. Sa voix, couverte par le fracas du choc, s'est éteinte avec le reste. Existe-t-il un mot de la fin, connu seulement par ceux qui sont sur le point de s'en aller ailleurs ? Un mot caché, révélé uniquement à ce minuscule moment-là, comme un mot de passe, une clé secrète destinée à quitter le territoire de la vie ?

Nour avale le jus d'ananas tout entier. D'habitude, elle déteste ça, mais ici et maintenant, sous le regard de sa bienfaitrice, le mélange de glucose et de fruits l'apaise. Alors elle prend une profonde inspiration et raconte la lettre du quintuple meurtrier et aussitôt qu'elle parle, s'étonne de déballer tout ça, elle ne devrait pas, et puis tant pis, la plupart du temps, on dit ce qui est déjà là, prêt à sortir et son interlocutrice de répondre simplement :

— Ne fermez pas les portes.

Et Nour réalise que c'est exactement ça que l'étrangère a fait le jour du drame : ouvrir sa porte. Ouvrir sa porte et faire du thé.

— Je crois qu'il faut que j'y aille.

Nour se lève, l'inconnue aussi, qui lui caresse encore

les cheveux et lui souhaite bien du courage, et c'est ainsi que la matinée se termine. Nour a écouté, elle a parlé et, depuis son brouillard, il lui semble que Constance a souri.

Dans la rue, lui reviennent les mots : « volontairement jetée sous votre voiture ». Jamais, Nour n'avait songé à cela. Pas un instant, elle n'a pensé, ces dernières semaines, que Constance Rodriguez aurait pu s'être suicidée. Arrivée au carrefour, elle ne sait plus quoi faire de cette information qu'elle envisage comme une tentative désespérée, invérifiable à jamais, de se dédouaner. Est-elle cynique au point de chercher à faire peser sur cette pauvre fille la responsabilité de sa propre mort ?

Elle songe à cette pathétique entreprise d'échange des culpabilités, elle l'observe faire son chemin lascif et perverti, tandis que, sur le béton, elle marche un pied devant l'autre, bien droit devant elle, pour ne pas perdre le cap.

Simon est revenu, il a sonné, le curé a ouvert et lui a servi l'antique breuvage. Pendant un long moment, ni l'un ni l'autre n'a rien dit.

— Constance me manque beaucoup et je ne sais pas quoi faire de ça, murmure Simon.

— Tu trouveras.

Le jeune homme observe ce prêtre à l'aisance déroutante, presque musicale, qui déroule les punchlines en paraissant tout maîtriser. Finalement, il est revenu le voir. Il revient toujours.

— Merci, Gandhi.

Diego sourit.

— À moi aussi, elle me manque.

Ses lèvres se tordent. Ses épaules carrées, secouées par de timides hoquets, chaloupent, il ravale un sanglot naissant et chasse l'image joyeuse de Constance affairée à ses côtés dans le potager derrière l'église. Il se sent triste, fatigué, il faut tellement de ténacité pour être celui qu'il est, pour se tenir debout face à ces désespérés quotidiens qui voient en lui un sauveur de chimères, certes, mais un sauveur quand même.

— J'y ai beaucoup pensé… Peut-être que je ne suis pas le seul responsable de la mort de Constance, en fait.

— Bien, mon grand, bien.

Et, avec son index placé tout à côté de son oreille, il s'amuse à mimer dans un mouvement rotatif la reprise des pensées.

— Ça recommence à circuler là-haut, je vois.

— Vous faites chier, les curés, dit Simon en levant les yeux au ciel, vous pouvez tout vous permettre.

Diego se marre et choque son verre contre celui de Simon avant d'avaler une autre gorgée de whisky.

— Je me suis demandé ce qu'il fallait faire de ses lettres. Elle parle beaucoup de son père…

— C'est à toi qu'elle les a remises, fiston, c'est à toi de décider.

— Je pense qu'il ne faut rien lui montrer. Qu'il ne sache jamais pour le suicide.

— Elle comptait peut-être sur toi pour lui transmettre ?

— C'est chez moi qu'elle les a laissées. Elle aurait pu les lui faire parvenir mais elle ne l'a pas fait. Il doit y avoir une raison. Un accident, ça n'est la faute de personne. Un suicide, c'est l'avènement *ad vitam* des pires culpabilités.

Diego acquiesce. Sa lourde tête bringuebale d'avant en arrière et il acquiesce encore.

Dehors, la rue est silencieuse, sur les vitres, de la buée s'est formée et dégouline par endroits. Le jeune homme pousse un long soupir, il se croyait moins vulnérable que ça. Avec Constance, il s'est comporté, parfois, avec une froideur malhabile, il se revoit lui dire des choses mauvaises, la repousser, mais elle revenait toujours, comme si elle n'entendait pas ce qu'il tentait pourtant de lui énoncer clairement.

— Je l'ai écoutée, je l'ai embrassée, je l'aimais bien mais je ne l'aimais pas. Je ne voulais pas qu'elle meure !

La main du curé s'avance et se pose sur celle de Simon.

— Constance portait l'empreinte de choses brisées il y a bien longtemps. Et elle changeait comme avec les lunes. C'était sa vie.

— OK. Simon déglutit bruyamment. On ne dit rien.

— On ne dit rien, répète Diego, solennel.

Et les deux hommes portent l'un contre l'autre leurs verres presque vides de croulant whisky.

La lettre de Nour lui parvient un mercredi après-midi, vingt-six jours précisément après avoir posté la sienne. *Pour Monsieur Yarol Ponthus.*

À part son avocat et l'administration pénitentiaire, jamais personne ne lui a adressé le moindre courrier depuis vingt-quatre ans. Il est 18 heures 30, le soir obscurcit la pièce. Il allume sa lampe de chevet, chausse ses lunettes et s'assoit à son bureau. Il déchire l'enveloppe délicatement pour ne pas risquer d'en abîmer le contenu. Une lettre...

Comme celles que sa mère lui écrivait au pensionnat, longues et truffées d'histoires sans intérêt, des fables du quotidien, minuscules, qu'elle relatait dans une écriture touffue, quasi bordélique, avec des phrases souvent incomplètes. Parfois, en la lisant, il devinait qu'elle s'était endormie en écrivant, l'alcool la prenant déjà en otage de tout, y compris d'un simple billet à son jeune garçon. Les bonnes sœurs du pensionnat, souvent, se permettaient d'ouvrir son courrier et d'en lire le contenu, pour s'assurer que rien de compromettant ne pénètre dans l'enceinte du collège, que, d'où qu'ils proviennent, les mots soient chastes et leurs intentions nobles. La plupart du temps, elles lui remettaient sa correspondance en pouffant, *de toute façon, on comprend rien, elle écrit comme une souillon.* Yarol avait envie de les tuer, toutes ces femmes que le Bon Dieu avait gardées pour lui, ces femmes sèches et vénéneuses comme des araignées de grenier, il se disait qu'il allait leur tailler la jugulaire avec un couteau bien aiguisé, ça prendrait trois secondes, elles s'effondreraient une à une dans leur sang de martyres et lui n'aurait rien d'autre à dire pour sa défense que : *elles ont humilié ma mère.* Et le juge, acquis à sa cause d'enfant outragé, condamnerait leurs cadavres à la perpétuité.

Une trentaine d'années plus tard, assis dans sa cellule, toutes ses résolutions, les fortes et les fragiles, celles qu'il a édifiées avec plus ou moins de succès depuis des années, lui semblent réduites en poudre de malheur, comme si, récemment, les éléments extérieurs s'étaient chargés de procéder pour lui. Pour la première fois depuis des décennies, à quelques secondes de lire la lettre de Nour, sa mère lui manque. Yarol ferme les yeux, du souvenir d'Alix découle celui de Constance, ses femmes encadrantes, en amont et en aval, disparues toutes les deux, tandis que lui, le minable, bien vivant, peine à comprendre la logique de ce foutu bordel sans signification ni morale. À son bureau, aussi seul qu'il est possible de l'être, son corps aigu posé sur cette assise en bois inconfortable, il prend conscience en une seconde, peut-être deux, qu'il existe une condamnation éternelle pour les individus comme lui : une assignation définitive à résidence identitaire ; *avoir tué cinq fois*, le seul et unique titre auquel son existence peut prétendre. Et il pense alors qu'il ne sert à rien de déplier la lettre de Nour car il en connaît déjà le contenu.

Il retourne à son lit, allume la télé et l'écran de TF1 est envahi par une bande de Toulousains enfermés dans une maison avec piscine, qui tentent tour à tour de se distinguer comme le plus gueulard, botoxé, drôle ou pathétique, et dont la victoire sera couronnée par un maximum d'abonnés sur Instagram.

— Tu regardes les couillons bronzés, toi, maintenant ?

— Qu'est-ce que tu fous là ?

Le Hongrois ne répond pas et se jette sur le lit de son petit vieux, *Pousse-toi, gros lard.* Yarol s'écarte et soupire.

— Qu'est-ce qu'il a encore ? le taquine Zoltan.

— Tu envahis mon espace vital.

Zoltan le prend au mot. Prestement, il évacue son corps de la couchette et prend place sur la chaise en bois posée devant le bureau.

— Tu vois le grand brun, là ? C'est Mathias. Il a

couché avec la blonde mais en vrai celle qu'il a dans le viseur c'est la rousse, juste à côté.

— Pourquoi t'irais pas regarder cette merde dans ta piaule ?

Une fois encore, Yarol soupire.

— Parce qu'on est plus fort à deux, ironise Zoltan. Tu te rends compte, si j'avais un téléphone à disposition, je serais le mec le plus suivi de France. Les posts du quotidien d'un taulard, y a pas plus exotique. Je suis con d'avoir fait ce que j'ai fait ! Là, tu vois, je regrette. J'aurais été moins vindicatif, j'aurais pu demander une dérogation à Bompieux pour devenir le premier prisonnier sur Insta. J'ai vraiment tout foiré… Zoltan soupire. Faudrait le dire, ça, aux jeunes : avant de vider un chargeur sur des Albanais, pensez aux conséquences.

Ensuite, il se retourne et découvre l'enveloppe, qu'il brandit comme un trophée.

— C'est quoi ?

Il connaît la réponse, il l'a attendu presque autant que Yarol, ce courrier, et l'idée que Nour ait pu décliner son invitation lui brise le cœur, ses doigts pressés contre le papier kraft témoignent de l'inquiétude qui l'envahit à imaginer son copain foudroyé de nouveau. Il n'a pas aimé non plus le délire du couteau et, à ce stade, se demande ce que Yarol a bien pu faire de son funeste projet.

— Tu le sais très bien, balaie Yarol.

— Elle a dit non ?

— J'imagine.

— Tu imagines ? Comment ça ?

Yarol ne dit rien, c'est ainsi qu'il procède quand il s'agit d'exprimer ses peurs ou ses angoisses, il n'y parvient pas, c'est tout, et l'autre n'a qu'à le savoir.

— T'as même pas lu, c'est ça ? T'as pas lu !

Sur-le-champ, sans rien demander à Yarol, le Hongrois extrait la feuille de l'enveloppe, avec mille précautions. Quelques lignes seulement pour dire que Nour accepte et qu'elle viendra. Il calcule la date qu'elle mentionne.

— Putain ! Zoltan hurle.

Il regarde le vieux, affalé sur son lit, la télécommande maintenue entre ses doigts fins.

— Elle a dit oui. Elle vient dans six jours !

Deux contractions musculaires quasiment parallèles apparaissent le long du cou de Yarol, de part et d'autre de sa trachée. Il se redresse, abaisse ses jambes au sol et demeure assis sur le bord de son lit, d'où il lance à Zoltan un regard médusé.

— Mardi prochain ?

Le Hongrois pointe un index menaçant en direction du Boss et, d'un hochement de tête, il confirme.

— T'as intérêt à accueillir la dame poliment.

L'information délivrée dans ce courrier est de nature à semer en lui le chaos : six jours. Constance, là, face à lui. Celle par qui la mort de sa fille est advenue, présente à moins d'un mètre. Lui et elle dans la même pièce. Rien que d'y penser, il se sent exalté et démuni, les deux à la fois, enrichi par soustraction (la possibilité de lui régler son compte) et ruiné par un serment trop ambitieux (l'impossibilité de lui régler son compte).

Six jours, c'est très long et très court à la fois. Il faut que Yarol se prépare.

Nour se sent mieux. Quelque chose s'est allégé en elle, quarante jours passés depuis l'accident ont atténué la confusion de ses sentiments, depuis qu'elle a décidé de se confronter à Yarol Ponthus, et elle attend, candide, la décrue de sa culpabilité. La fin de son histoire avec Jeff relève de la même ambition : étoffer la matière en elle, même si, en cet instant précis, elle aimerait pouvoir s'amarrer à un autre corps que le sien, une construction osseuse et musculaire en qui elle aurait confiance, et se tenir en équilibre avec elle, paume contre paume, front contre front. Ce matin, pour la première fois depuis l'accident, elle s'attarde avec plaisir. Comme avant. Elle respire en douceur, emprunte de l'air à la pièce avec un calme qui la surprend. Peut-être assiste-t-elle à la diminution légère d'une longue nébuleuse où peu à peu une nouvelle place se murmure.

Durant de longues semaines, elle a pris soin de fermer les yeux, refusant le monde pour s'offrir l'aveuglement, se mettre à l'abri de la vérité, disparaître un temps pour rendre l'éblouissement possible de nouveau. L'harmonie est précaire mais Nour, une équilibriste habile.

Le café dans sa tasse est encore brûlant lorsqu'on sonne à la porte. Sur le seuil, elle découvre Jeff.

— Qu'est-ce que tu fais là ?

— Je me fais du souci pour toi.

— Ah ! Une première !

— Tu m'offres un café ?

Nour jette un œil au sien, logé dans sa main. Fumant à peine, la vapeur se trémousse par-dessus la tasse comme un fantôme agité.

— Qu'est-ce que tu veux ?

— Mon père a ordonné une enquête rapide, en coulisses…

— Quoi ?

— C'est un tueur de flics, Nour. Non seulement c'est un assassin mais il s'est attaqué à des fonctionnaires de l'État.

— Tu es venu pour me dire ça ?

— C'est important que tu le saches.

Nour s'approche de Jeff autant qu'elle peut car elle a besoin de lui signifier au plus près :

— Je veux que tu t'en ailles MAINTENANT. Pas dans deux minutes, pas dans deux secondes, maintenant. Et je veux aussi que tu continues à verser la moitié du loyer pendant les six prochains mois, le temps que je m'organise. Si tu refuses, je me ferai une joie d'aller baver au journal que ton père et toi faites des petites affaires vertueuses en Angola.

Sans même un regard pour cet homme qu'elle a aimé jadis, à bout de souffle, le cœur tendu comme un arc, elle s'en retourne à la cuisine, devant la machine à café et, de là, elle guette le départ de Jeff et le boucan sec de la porte qui se referme.

Elle expire un souffle long, presque infini, puis elle imagine Jeff tenter d'évaluer méthodiquement le risque qu'il court à ne pas céder aux menaces de son ex, qu'il pense brave et diligente. Le plus drôle, c'est qu'elle y est allée au bluff, elle ne sait rien de cette histoire d'Angola. Quelle histoire d'Angola d'ailleurs ?

Yarol avait oublié à quel point c'est simple. Il a suffi d'un message, qui a transité en quelques heures par Maurice jusqu'à la section d'assaut (dénommée ainsi pour les qualités hautement criminelles de ses pensionnaires) et il a été généreusement fourni.

La demande de Yarol a surpris Maurice, qu'est-ce que le vieux allait bien pouvoir faire d'un cran d'arrêt ? À son âge, il n'a plus grand-chose d'impétueux. Mais, en grand professionnel du trafic intérieur, Maurice n'a pas moufté, n'a fait aucun commentaire, revêtant son expression la plus neutre. À Saint-Rémy, celui qui trahit prend des risques inqualifiables.

Yarol a obtenu un modèle automatique, assez récent, petit et fin comme demandé, on dirait un dragon ou une mante religieuse. Il le tient dans le creux de sa main, l'objet inerte pèse un poids plume qui le surprend. Ça le ramène à la maison de la rue des Furets, vingt-cinq ans plus tôt, avec sa mère, Maria et la petite si petite. Dans la poche intérieure de sa veste, toujours bien logé au fond du tissu, se trouvait presque le même, un Mikov Predator noir qu'il gardait, au cas où. Parfois, quand Maria s'absentait, il gardait Constance, un biberon dans la poche gauche, sa lame dans l'autre. Un quart de siècle plus tard, l'objet est plus affûté encore, et autour de lui il n'y a plus, depuis bien longtemps, la moindre trace d'enfance.

Yarol fixe le couteau, sa main tremble, les prémices de la vieillesse bombarde son corps de petites détresses, il serait bien incapable de trancher quoi que ce soit avec précision. Peu importe. Son projet tient la route. L'attente, quand on lui connaît une fin, permet l'espoir. Constance morte, il ne sait plus quoi foutre de ses rêves. Ils sont devenus oppressants et même vulgaires. Alors, comme elle, il est tenté de plonger dans l'obscurité, peu importe qu'il s'y attelle d'une autre manière.

Zoltan franchit le seuil de la cellule de Yarol sans se donner la peine ni de frapper, ni de s'annoncer. Il sait pour le couteau. Maurice n'a rien dit mais, à force, il a appris à lire entre les lignes. Tout le monde ici a conscience que le Boss vacille, alors, quand il s'agit de parler de lui, les regards mal à l'aise dégainent des infos en forme de sous-entendus.

Planté devant Yarol, Zoltan tend la paume ouverte de sa main.

— File-moi le Predator !

— J'ai pas de Predator.

— Prends-moi pour un con.

— T'es un con.

La conversation est mal partie, Zoltan inspire longuement.

— Je rigole pas, Yarol.

— C'est moi qui rigole pas. T'es un gamin, Zolt, t'as jamais eu d'enfant, tu sais pas ce que c'est.

— C'est pas une raison.

— Faux. T'as tout faux. C'est la seule et unique raison. Et maintenant casse-toi. C'est pas contre toi, mais t'arriveras à rien.

Mais Zoltan ne bouge pas, posté dans l'embrasure de la porte, la main tendue comme un mendiant et le Boss, agacé, détourne le regard. Il flanque sur ses oreilles un casque audio, pousse le volume au maximum, s'allonge sur le lit et pivote en direction du mur couvert de mille inscriptions gravées au Bic, un mélange de doctrines de supérette et de mantras anarchiques.

Il est presque 15 heures lorsque le directeur se présente devant la cellule de Ponthus. Il salue Zoltan, statique à son poste depuis plus d'une heure, qui lui murmure que le Boss s'est assoupi.

— Qu'est-ce que vous faites là ? s'enquiert Bompieux.

— Je veille un ami.

Quentin sourit, les manifestations d'affection, parfois assumées, le plus souvent maladroites, des détenus entre eux font vibrer sa corde sensible. Il aime ces moments d'ivresse ou de joie, qui l'emportent trop rarement sur leurs envers miteux. Bompieux entre, profite du calme pour tirer doucement la chaise vers lui, il prend place et, du bout des doigts, tente de réveiller Yarol en pressant par à-coups sur son épaule.

Les deux hommes à présent observent Yarol qui somnole toujours, son casque flanqué de travers sur son front. Il se tourne vers eux, ouvre un œil puis se retourne de nouveau, leur adressant sa nuque et rien d'autre.

Au bout d'un moment, le Boss se redresse et s'assoit sur le bord du lit, ironiquement son pyjama orange et débraillé porté tordu sur son torse lui donne des airs de prisonnier américain.

D'abord, il ne dit rien, observe Zoltan avec insistance, conscient qu'il demeure dans sa chambre uniquement pour le couteau, et il se sent pieds et poings liés, surveillé, sa colère gronde, qu'on lui foute la paix, qu'on lui laisse la liberté de se venger si ça lui chante, faire ce qu'il veut de son reste de vie, c'est encore sa liberté la plus élémentaire. Zoltan a-t-il cafté ? La présence du directeur dans sa cellule serait-elle liée au couteau ? Alors, en silence, dans sa plus stricte intimité, il se sent submergé d'une colère maudite, contre son ami et le reste du monde, et se fait la promesse que, peu importe comment, la suite sera un chaos comme jamais.

— Pour la visite de Nour Delsaux, je me suis dit que ce serait plus confortable que vous soyez dans un parloir isolé. Une pièce rien que pour vous.

Il n'est pas peu fier, Quentin Bompieux, de faire cette faveur à Ponthus. Sans le savoir, il vient de dérouler au détenu un tapis rouge pour passer à l'action. Zoltan, lui, se raidit, pose sur son ami des yeux perdus et effrayés, il se sent déchiré en deux moitiés désunies, celle qui doit soutenir Yarol et celle qui doit protéger Nour.

— Merci, murmure Yarol, qui tente de masquer au mieux sa surprise et la satisfaction qu'il éprouve à cet instant ; l'opportunité tombée du ciel de ne faire qu'une bouchée de Nour, de la façon la plus simple qui soit.

Bompieux tapote son épaule pour lui signifier sa confiance puis s'en va, laissant Zoltan face à Yarol qui, sans ajouter un mot, se recouche et pivote son corps face au mur.

— Dis-moi que tu vas rien faire à cette fille ?

— Je dors, marmonne le Boss.

Le chaos, comme jamais.

Nour a neuf ans lorsque, de la fenêtre de sa chambre en hauteur dans la maison en briques rouges, elle découvre pour la première fois, par-dessus les toits voisins, une partie de la cour d'un centre de détention pour mineurs installé dans la rue parallèle. À quoi peuvent bien ressembler les vies planquées derrière ces murs infranchissables ? Ses fantasmes romanesques sont nourris par la vue partielle qui s'offre à elle depuis la rambarde de son balcon et d'où elle aperçoit les silhouettes de ces jeunes en errance qui prennent l'air et sur lesquels, en hiver, tombent plus tôt les ombres du soir. Comment font-ils pour vaquer à leurs affaires, petites ou grandes, être privés du ravissement de regarder, comme elle, par la fenêtre, ou de marcher dans la forêt ? Elle les observe et se demande si leurs yeux de reclus voient la même chose que les siens. Elle aimerait accéder à ce lieu, pouvoir s'y trouver brièvement, peut-être même suspendre une corde de chanvre depuis le garde-corps de sa petite terrasse, descendre le long puis s'y balancer ardemment pour être propulsée aussi loin que possible, par-dessus le mur d'enceinte. Et là, tapie dans un coin, elle pourrait s'approcher d'eux, dans cette cour carrée où le temps, suspendu, se déploie comme une nasse sur les fichus et les blâmés. Elle aimerait y accéder brièvement et arriver, par éclairs, à comprendre. Ce qui fait qu'un jour les limites sont franchies et que l'on se retrouve à méfaire. Peut-être faudrait-il, plus tard, devenir avocate ou bien journaliste pour avoir un jour accès aux états d'âme des condamnés.

Vingt-quatre ans plus tard, elle présente sa carte d'identité à un agent lourdement armé, pose son sac à main et son manteau sur le tapis roulant du scanner de sécurité et, d'un geste sec, est autorisée à avancer. Un digicode lui donne accès à la pièce suivante où elle se soumet au même protocole, au terme duquel une femme en uniforme lui remet un badge qu'elle doit fixer à son chemisier. Dix minutes plus tard, un gardien flanqué d'un gilet pare-balles bleu marine et d'une arme presque assortie l'accompagne dans un dédale de larges couloirs jusqu'à une porte peinte en gris, sur laquelle une sobre plaque métallique marquée *No entry* est apposée.

La pièce est grande. Nour découvre une table ronde en bois entourée de six chaises en plastique. Sur l'une d'elles, un homme est assis de dos. Il se retourne, il a l'apparence d'une gravure, statique, quasi métaphorique, on dirait une photo dans un médaillon : visage atone, yeux marron, cheveux gris, peau creusée par endroits, teint brumeux, mains posées sur le plat de la table. Elle entre et il se lève. Il a beau avoir tué, il est bien éduqué.

Yarol et Nour se saluent, le maton s'assure que tout va bien pour elle, qu'il peut l'abandonner seule en compagnie d'un quintuple meurtrier, et s'en va.

— Je serai dans le couloir, la porte reste ouverte.

On dirait un père qui laisse sa fille aux toilettes publiques pour la première fois.

Yarol observe la jeune femme, son regard s'affole, parcourt de haut en bas cette silhouette si proche à présent. Elle lui semble petite, juvénile, il aimerait connaître son âge, aussitôt il songe à Constance, elles pourraient être jumelles, ou peut-être pas, quel souvenir a-t-il encore de jeunes corps traversés par la vie ?

— Asseyez-vous, lui propose Yarol.

Nour s'exécute, voyant mal ce qu'elle pourrait faire d'autre. Yarol s'assoit à son tour et, maintenant qu'il se trouve en face d'elle, il lâche une expiration brusque et l'air trapu, libéré de ses poumons sonne le départ vers la raison perdue.

Dans sa cellule, porte ouverte sur le couloir, Zoltan se livre à sa liturgie hygiénique, cérémonial bien rodé qu'il pratique chaque après-midi à la même heure, 15 heures 15, week-end compris. Il officie avec une feuille A4 pliée en huit, les plis limés en leurs côtés pour les rendre les plus aiguisés possible, un outillage précaire dont aucun homme libre ne voudrait, il faut agir avec précision pour ôter la crasse abritée sous les ongles sans se blesser puis, faute d'une lime, frotter la tranche de ses doigts contre la surface râpeuse d'une brique logée au coin du mur, dépouillée de sa peinture. Il prend son temps, veut éviter d'irriter sa peau mais c'est difficile, il ne pense qu'à Nour et Yarol dans la même pièce, plusieurs fois il est tenté de prévenir un gardien qu'il ne faut pas les laisser seuls, il va s'en prendre à elle, c'est certain, quasi certain, il est au courant, c'est carrément prémédité. Et pourtant il ne fait rien, le parpaing grossier glisse sur sa peau rougie tandis que dans le couloir, il entend Richard, qui a tué sa femme sur un coup de tête il y a vingt ans, raconter qu'il sauterait bien Valérie Pécresse.

Zoltan détache soudain ses doigts du mur, il rince ses mains sous un filet d'eau au lavabo, les sèche, enfile un tee-shirt. Il va y aller, Yarol n'a plus toute sa tête, il ne peut pas prendre le risque de laisser cette fille aux mains d'un homme vidé de son cœur mais plein d'une haine fringante avec un scorpion dans chaque main. Il quitte sa cellule. Au secrétariat, il tombe sur Ignace et son mètre 93, en charge de la surveillance de la Section C.

— Je dois voir Bompieux, il est où ?

Son ton est empressé, limite autoritaire, le gardien se rebiffe, sarcastique :

— Bien sûr, Monsieur Zoltan… Vous avez rendez-vous ?

— C'est urgent.

Ignace le fixe avec défiance.

— Je suis sérieux.

Ignace attrape son téléphone mais soudain une alarme retentit, invasion brutale, comme un bombardement sonore. Instantanément, le protocole de sécurité s'enclenche, au bout du couloir deux grilles jaillissent de part et d'autre des cloisons et cadenassent le passage. Les détenus sont sommés de rejoindre leur cellule, les voix s'élèvent, les ordres fusent, la porte de chaque chambre est verrouillée automatiquement.

Que se passe-t-il ? Zoltan n'a pas le temps de verbaliser ses craintes qu'il se retrouve dans sa cellule, nez à nez avec sa feuille A4 pliée en huit gisant comme une dépouille sur son matelas.

Nour est toujours assise sur la chaise en plastique que Yarol a placée au milieu de la pièce. Tout contre sa jugulaire, le Boss tient fermement le Mikov Predator bien aiguisé. Il a pris soin de fermer la porte et de la verrouiller de l'intérieur, c'est ce qui a déclenché l'alarme. La jeune femme regarde droit devant elle et le détenu se tait. Il est tétanisé mais il essaie de dissimuler sa maladresse en se tenant dans le dos de son otage. Et la tension est telle que Nour a perdu le contrôle de son pied droit, ses orteils ne cessent de frapper le sol, en coups brefs dont elle ne réalise pas l'amplitude.

— Tenez-vous tranquille !

Yarol appuie la lame plus fort sous sa gorge pour souligner son propos.

— Je fais de mon mieux, souffle-t-elle.

— On dirait pas, s'agace Yarol, en donnant un coup dans la cheville de Nour, qui pousse un cri. Arrête avec tes pieds, ça me stresse.

— Pardon, murmure Nour.

Yarol est anxieux, visiblement très inhabile à mener sa scabreuse initiative. Nour le perçoit. D'un côté, ça la rassure – dans son esprit, les caïds, les vrais, sont habituellement des êtres déterminés, insensibles à la nervosité ou aux remords –, mais d'un autre, la fébrilité qui semble frapper Ponthus l'expose à des risques plus grands encore.

— Mon père avait le même couteau, il était boucher, ça lui servait à dépecer les pattes des moutons.

Elle a parlé sans réfléchir, d'où lui vient cet étrange humour, elle n'en a pas la moindre idée, et bien après la prise d'otage, des mois plus tard, elle se demandera ce qui lui a pris d'être ainsi culottée.

— Ta gueule, la rembarre Yarol.

— C'était une blague. J'essayais de détendre l'atmosphère.

Le vieux proteste à peine. Il éloigne son couteau, recule de quelques centimètres et, dans son cou, Nour sent glisser un air plus frais. Elle en profite pour tenter de calmer la grosse tempête en elle, son cœur tamponne comme une derbouka. Elle fait le point : elle a accès à l'humour mais c'est à peu près tout. À l'intérieur, elle est fissurée, c'est l'échappement total, bientôt il fera vide, elle le sait. Il faut donc agir vite.

— Je vais mourir ? ose-t-elle.

Yarol entend la question mais laisse sciemment le silence s'installer, il aimerait lui faire peur, lui dire que c'est possible, que c'est une option, qu'il n'en sait rien encore mais il n'arrive même plus à faire semblant et ça lui saute aux yeux.

— J'ai déjà tué, vous savez.

Yarol se rapproche, avec ses doigts, il reprend son étreinte et enserre la nuque de Nour qui tressaille en anticipant le froid de la lame du couteau.

— Cinq fois, je suis au courant.

Elle tient à ce qu'il sache qu'elle s'est renseignée, qu'elle n'est pas venue comme une oie blanche, qu'elle connaît l'homme qu'elle a dans son dos et qu'elle a fait preuve de courage en répondant à sa requête.

— J'ai lu votre dossier.

En précisant, elle se sent frappée d'un effroi plus vaste encore, chaque mot prononcé est le risque d'un pas supplémentaire vers la potence. Elle hésite à se laisser aller à sa peur ou à simuler une certaine assurance pour calmer le détenu. Elle aurait dû écouter sa mère et même Jeff, elle n'aurait pas dû venir. Sans réfléchir, elle repousse la main qui presse l'arrière de son cou et, étonnamment, Yarol allège son étreinte. Son choix est fait : ce sera l'aplomb, quoi qu'il lui en coûte.

— Vous comptez rester dans mon dos comme ça longtemps ? La serrure est verrouillée et vous avez une arme, je vois mal comment je pourrais m'enfuir. Vous n'avez qu'à vous asseoir devant la porte et moi je reste sur cette chaise. Comme ça on peut discuter.

— Qui vous dit que je veux discuter ?

— Qu'est-ce qu'on pourrait faire d'autre, franchement ? Ah si, fumer. Vous avez une clope ? Je voudrais pas quitter ce monde sans avoir essayé.

La stupéfaction, voilà ce qu'elle lit dans ses yeux. Ponthus hausse les épaules, fait quelques pas et, péniblement, se laisse glisser sur le sol, le dos appuyé contre la porte, comme si le fait d'avoir face à lui une femme audacieuse, du moins en apparence, avait pour effet d'absorber sa débâcle.

— C'est déjà difficile de se procurer un couteau, alors une clope…

L'un et l'autre se tassent pareillement, assis comme des égarés à quelques mètres de distance, et entre eux s'étale un long silence.

— Monsieur Ponthus, je ne sais pas comment vous dire ça correctement mais je suis vraiment désolée pour votre fille.

Yarol regarde droit devant lui, sans égard pour Nour.

— Je vais porter cette croix toute ma vie, ajoute-t-elle.

— Ça fait toujours ça avec le premier mort.

D'un bond, Nour se lève. Elle s'éloigne de la chaise et fait quelques pas en direction de la fenêtre, percée trop haut dans le mur pour apercevoir l'extérieur. De longues secondes, elle demeure là, debout, collée contre le plâtras, sous la lucarne, elle veut se tenir le plus loin possible de Yarol, qui murmure, dans un souffle court et sans artifice :

— Après on s'habitue.

Nour se laisse glisser contre la cloison, le crépi érafle le dos de son tee-shirt et la voilà assise sur le sol de nouveau, à 5 mètres de Yarol.

— N'essayez même pas.

— Quoi donc ?

— Vous savez très bien. De me faire passer pour quelqu'un comme vous.

— Comme moi ?

— Un tueur.

— On est pareils, vous et moi.

Nour pousse un son gras qui ressemble à un rire, l'idée d'être assimilée à cet homme abîmé la révulse. Elle a chaud, ses joues s'empourprent, les paumes de ses mains exsudent, son front perle, la trouille a pris en elle ses quartiers.

— Qu'est-ce que vous comptez faire de moi ?

— Une otage.

— Merci, j'avais compris. Et ensuite ?

— Vous tuer. Une sorte de donnant-donnant.

Le silence se dilate dans la pièce, Nour glisse ses mains dans ses poches, cherche un peu de réconfort au plus profond du velours de son pantalon.

— Vous avez un métier ?

La question est inattendue, Nour se demande où est le piège mais de piège il n'y a pas, il veut seulement trouver des points communs, un ancrage pour pouvoir placer Constance quelque part au milieu d'un parallèle ou d'une comparaison. Exactement comme avec l'âge, il envisage par instants la jeune femme comme le double de Constance et, s'il était honnête avec lui-même, il saurait que c'est aussi pour ça qu'il lui a demandé de venir, pour pouvoir l'observer et projeter sur elle, de la manière la plus hasardeuse qui soit, le souvenir de sa fille.

— Je travaille comme assistante de rédaction dans un journal. Mais j'aurais voulu être journaliste.

— Et pourquoi vous l'êtes pas ?

— Parce que parfois la vie réserve des surprises.

Pour la première fois, elle lui parle en regardant son visage.

— Elle faisait quoi Constance ?

— C'est moi qui pose les questions !

Il hurle. Instantanément, elle saisit l'enjeu ou plutôt l'abîme. Elle comprend qu'il n'en sait rien, qu'il est incapable de répondre. Au même moment, Yarol prend conscience qu'il n'a pas cherché à savoir : à aucun moment, il n'a demandé à Diego, lorsqu'il lui a apporté les affaires de Constance, ce qu'elle faisait au quotidien. Avait-elle un métier, des amis, des passions ? C'est comme si la curiosité concernant son enfant n'était pas de mise, comme si se renseigner sur les détails de sa vie relevait de l'impudeur, et la question qui l'étreint, qui l'oppresse, n'est plus tant *a-t-il été un bon père* que *a-t-il seulement jamais été un père ?*

Yarol fixe Nour avec un regard neuf, empreint d'un désespoir qui vire à la honte et à la colère, il arpente la salle selon une trajectoire chaotique. Il finit par s'asseoir sur une chaise et exhibe le couteau menaçant, de loin, comme s'il s'agissait d'un sixième doigt. Et ce geste, pense Nour, n'a vraiment aucun sens.

Le silence qui suit ne se compte plus en secondes, il s'étire autant qu'il peut, il épouse le contour des meubles puis, humblement, se glisse dans les recoins de la pièce. Nour ferme les yeux. Si de ce traquenard elle sort vivante, il faudra qu'elle s'attache à prendre la vie avec diligence. En guise de reconnaissance envers le destin. Remédier à la vacuité de son boulot, assumer l'ambition intellectuelle, se reconvertir dans le journalisme, arrêter de végéter par peur d'échouer, entretenir les amitiés qui l'honorent, entrevoir l'avenir avec sérénité, retourner au cimetière voir son père, acheter une voiture diesel, un camion même, choisir un type gentil, être plus douce avec sa mère. Et vérifier si Jeff a continué à payer le loyer.

— Je ne sais pas ce qu'elle faisait, répond enfin Yarol. Il y a tellement de choses que j'ignore. Que je ne saurai jamais.

Il parle lentement, son ton est grave, il laisse passer plusieurs secondes avant de se lever, fait quelques pas en direction de Nour, s'assoit juste à côté d'elle à même le sol, le couteau pressé tout contre le haut de sa cuisse, et lui souffle à l'oreille :

— Et ça, c'est à cause de vous.

Bompieux, reclus dans son bureau, est entouré de Van Roy, le chef de l'unité du Raid qui est venu accompagné de sept agents. Ensemble, ils tentent de mettre au point une stratégie de négociation. Le directeur est particulièrement nerveux, cette idée de laisser Yarol seul avec Mme Delsaux, c'était la sienne, il a voulu être gentil, le résultat est un désastre. Et pourtant, aux agents d'élite, il ne cesse de répéter qu'il ne comprend pas.

— Il doit sortir dans cinq mois, c'est un repenti, un détenu très intégré, il ne ferait plus de mal à une mouche.

Dans le coin de la pièce, se tient le père Diego, qui a été appelé en urgence par l'unité d'intervention et à qui le directeur a confié les bons rapports avec le détenu. Le curé, très inquiet, s'exprime pour la première fois.

— C'est à cause de la mort de Constance.

— Constance ? interroge Van Roy.

— Sa fille, répond Bompieux. Elle a été renversée par une voiture il y a quelques semaines par Mme Delsaux précisément.

— C'est la femme qui a tué sa fille qui est avec lui en ce moment ?

Le curé acquiesce.

— Qu'est-ce qu'elle fout là ?

— Ponthus lui a écrit pour lui demander de lui rendre visite. Elle a accepté visiblement, précise Diego.

— Génial, la médaille du discernement…

— C'est de ma faute, confesse Bompieux.

Tous les visages se tournent vers lui et, en quelques secondes à peine, l'instant se charge de tourment, le plus grand de son histoire de directeur de prison. Dans quelques heures, l'issue de la crise décidera lequel, cauchemar ou triomphe, forgera l'histoire de Saint-Rémy.

— Au lieu du parloir habituel, je lui ai proposé une pièce privatisée pour une rencontre en tête à tête. Il a toujours été irréprochable…

Van Roy soupire et déplie les plans de la prison sur le sol, scrute avec ses sbires le dessin, des pièces par centaines et, entre elles, un dédale de couloirs.

L'assistant de Bompieux, rivé au téléphone, s'évertue à répondre aux questions inédites dont le bombardent cinq hommes du Raid, partis en repérage, qui veulent connaître les moindres détails sur le bâtiment.

— La prison n'est pas un endroit infaillible, se permet Diego en posant une tasse de café dans les mains du directeur, même dans les conditions de sécurité les plus pointues. Ça reste un lieu où des êtres humains travaillent et vivent.

— Merci Jésus, lâche Van Roy qui regrette aussitôt.

Pas vexé, le prêtre propose :

— Je peux aller lui parler si vous voulez. C'est moi qui ai célébré la messe d'enterrement de Constance, sa fille.

Le chef du Raid relève la tête, puis le torse, il se redresse carrément.

— Vous l'avez déjà rencontré ?

— On a discuté après les funérailles.

Au regard étonné de Van Roy, Bompieux acquiesce, l'air confus.

— On lui a accordé une permission…

— Et on s'est revu ensuite, poursuit le curé. Je suis venu lui remettre les affaires de sa fille, que je connaissais bien.

— Je ne comprends pas ce qu'il m'a pris, soupire le directeur, très affecté.

Il réalise à quel point il s'est planté. En étant touché par cette histoire, il a failli à tous les étages. Ponthus un repenti, mon cul, Yarol est un criminel et le sera toujours, comment a-t-il pu croire que les gens changent, les gens comme lui, particulièrement. *Putain, quelle connerie !* Il s'affale dans son fauteuil de bureau, le frappant avec sa paume.

— À partir de maintenant, je prends seul la direction des opérations, annonce le chef de la police.

Plus que tout, comme dans n'importe quelle intervention, Van Roy redoute les conflits d'intérêts et les pollutions émotionnelles. Il a besoin d'y voir clair pour déblayer le terrain et assurer une sécurité optimale à ses agents, or Bompieux lui paraît brouillon.

— Chef ? s'enquiert Diego.

— Oui, mon Père ?

— Je crois que j'ai une idée.

Dix minutes plus tard, adoubé par le Raid, accompagné par deux agents, le curé remonte le dédale de couloirs, à chaque pas, la gomme de ses mocassins bas de gamme braille, écrasée sur le linoléum. Il tient dans sa main son téléphone, sur l'écran duquel il tape le nom de Simon. Le jeune homme décroche au bout de trois sonneries, surpris par l'appel.

— Mon Père ?

— Simon, écoute-moi bien : les lettres, faut que tu les prennes en photo et que tu me les envoies. Maintenant. Je t'expliquerai.

— Mais…, rechigne Simon.

— Fais ce que je te dis !

Le père Diego raccroche, croise le regard suspicieux de ses acolytes du Raid qui l'interrogent d'un pouce en l'air, l'air de demander si tout va bien. Volontairement évasif, Diego répond par un sourire, c'est toujours bien un sourire, ça ne veut rien dire, ça permet de maintenir le flou, il sait ce qu'il fait, ne veut surtout pas qu'une réaction inopinée vienne foutre en l'air sa seule cartouche. Il se méfie des unités spéciales ; la réciproque n'est pas vraie. D'un homme de Dieu, personne ne doute jamais. C'est son principal atout.

Quelques secondes plus tard, la notification d'un mail envoyé par Simon apparaît sur son écran. Il fait plusieurs captures des éléments qu'il veut avoir à disposition, la tâche qui l'attend est délicate, pas question de perdre du temps à fouiller dans son téléphone pour retrouver les dossiers.

À hauteur d'une porte en métal gris foncé, l'agent du Raid fait signe au curé, c'est ici. Diego s'arrête, fourre son iPhone dans la poche arrière de son pantalon, lève la tête un instant pour invoquer l'aide divine ou vérifier le nombre de spots fichés au faux plafond, on ne saura jamais, il lève la tête donc, puis son regard revient fixer la porte et, de trois coups tempérés, il frappe.

— Yarol, c'est moi, le père Diego, l'ami de Constance.

Sept secondes plus tard, la voix recluse de Yarol s'élève comme un écho.

— Qu'est-ce que vous voulez ?

À l'intérieur, Yarol écarte la lame et libère ainsi le profil droit de la jeune femme. Il ne peut pas à la fois parler fort et menacer sa proie. Ça, Nour l'a bien compris. Il est un homme blessé, un être à terre, une dévastation éperdue, redevenu dangereux parce qu'il n'a plus rien à perdre, sa tête est prise dans un étau de chagrin qui le rend dingue et imprévisible, pour autant, il n'est pas très résistant. Fragile, indécis par moments, touchant, même, à certains égards. Et elle a l'intention de continuer à en tirer profit.

La voix du curé résonne de nouveau derrière la porte.

— Te parler. J'ai des infos qui pourraient t'intéresser. Peut-être même te faire changer d'avis.

— Quel avis ? Qu'est-ce que vous en savez de mon avis ?

Diego soupire. Juste à côté de lui, l'un des agents du Raid se fige, qu'est-ce qu'il fout, cet amateur, à souffler si bruyamment ?

— Ça va, Ponthus, c'est bon, on va pas se parler comme si on était des grands-mères. J'ai rien à gagner, tu le sais très bien, je veux juste t'aider.

Et sans prudence, il pousse une plainte sonore.

De l'autre côté de la porte, le vieux se lève et se met à tourner en rond, tête baissée, on dirait un buffle. Il s'approche de la porte, y pose son oreille comme s'il voulait entendre quelque chose.

— Vous êtes seul ? demande-t-il.

Dans le couloir, les superflics reculent d'un pas en même temps qu'ils adressent au curé un signe d'approbation.

— Oui.

— Comment je peux en être sûr ?

— Je suis un prêtre, Ponthus, un putain d'homme de Dieu, *le* mec qui par définition ne te trahira jamais.

— Un curé qui dit putain, c'est suspect.

— Un quintuple meurtrier qui verse une larme aussi.

Nour sourit aussi discrètement que possible, elle ignore qui est le curé en question mais il y a quelque chose dans cet échange qui la rassure.

— T'as des clopes ? C'est pour la p'tite ici, elle en veut.

Nour change d'expression et décline en secouant énergiquement la tête.

— Mais si, t'en as envie, t'as dit que tu voulais essayer avant de mourir ! lui lance Ponthus et Nour sent de nouveau la peur venir fouailler ses tripes et faire enfler ses sanglots, elle ne peut rien contre les larmes épaisses comme des amandes qui, maintenant, abreuvent ses joues.

— J'ai pas envie de mourir.

Yarol détourne la tête, il évite de la regarder, il se méfie de sa propre mansuétude. Il l'entend renifler par à-coups. Elle est secouée de sanglots, se sent dévastée mais pas seulement, elle est aussi fâchée contre elle-même de se retrouver là, comme un jouet, à la merci de ce criminel ringard, fauché de rancœurs et de remords. Plus rien en lui ne lui semble ni fragile, ni touchant, elle ne veut pas mourir, c'était un accident, bordel ! Elle replie ses jambes sous elle, avec ou sans l'approbation du vieux, elle a bien l'intention de se lever, *je me lève*, et Yarol se retourne et lui hurle, contrarié, *tu restes assise*, en brandissant dans sa direction le couteau qui, de là où il se trouve, ne peut vraiment rien. Et pourtant, Nour se rassoit.

— OK, le curé, tu entres avec une clope. Mais si jamais je sens une entourloupe, je tranche la jugulaire de la demoiselle, c'est clair ?

— Limpide, décoche Diego qui n'a pas la moindre clope à disposition mais s'apprête à entrer quand même.

Yarol fait signe à Nour de se lever et d'approcher, elle obtempère sans moufter en prenant soin de sécher les larmes que ses yeux dégueulent en silence. Pour la troisième fois, elle se retrouve sous la poigne de Yarol et la lame de son couteau.

Yarol déverrouille la porte, l'ouvre puis s'éloigne, son otage fermement maintenue par le cou, et le prêtre apparaît, sourire figé, très conscient de sa responsabilité et soucieux à la fois de paraître naturel. L'exercice est périlleux mais inspirer confiance, c'est sa came, son quotidien, son karma.

— Salut, Ponthus.

La porte derrière lui se referme. À Nour, il adresse un signe de tête puis, sans attendre qu'on l'y invite, pose le poids de son grand corps sur l'une des chaises autour de la table.

— J'ai des choses à te dire. Mais d'abord tu la lâches si tu veux bien. Et après, viens t'asseoir.

Yarol n'en revient pas : il a déjà subi les frasques de l'homme en soutane juste après l'enterrement de Constance, au bar du Chat-Pitre, ce mec d'au moins dix ans son cadet qui s'est adressé à lui de cette façon trop familière, mais aujourd'hui la situation, toute autre, est de nature à la contrarier. Il hésite à relâcher son étreinte, son bras tenu serré à l'horizontale le fait souffrir, il sait bien qu'il ne va pas tenir dans cette position. Il desserre alors son coude, laissant Nour filer au fond de la pièce et se tenir contre le mur, sous la fenêtre. Lui prend place à côté de Diego, soucieux de maintenir une distance qu'il considère comme judicieuse.

— Allez-y, j'écoute.

— Bien.

Diego inspire profondément et poursuit :

— Dans la curée, je sais pas si je t'ai raconté, y a cinq appartements qu'on loue pour rentabiliser le bâtiment. L'un d'eux était habité par Constance. Dans celui du dessus, y a un mec qui s'appelle Simon. Tu l'as peut-être vu, il était à l'enterrement.

— Non. Enfin si. Je sais plus.

— Ils ont eu une espèce d'aventure, Constance et lui.

— Comment ça ?

Yarol se redresse, dos tendu, menton lancé vers l'avant.

— Le mec est pas très consistant…

— Je comprends pas.

Diego respire un grand coup.

— Disons qu'elle était plus amoureuse que lui.

Yarol encaisse. Il vit une peine de cœur par procuration. Il souffre en lieu et place de sa fille. Avec la mort qui s'est imposée entre eux, c'est presque inhumain. Il se met à tousser.

— Il a profité d'elle ?

— Pas vraiment. Constance était, disons, plus… romantique, je pense qu'elle aurait voulu autre chose.

— Je vais le buter !

Yarol se lève brusquement et se rassoit aussitôt.

— Y a moi d'abord, ose Nour en levant l'index.

Aussitôt, elle se tait, prie tant qu'elle peut de ne pas avoir prononcé ces mots, putain, qu'est ce qui lui a pris ? Dans la débâcle, ses lèvres éclatent en un rire incontrôlé puis, d'un coup, elle baisse la tête et se met à sangloter de nouveau.

— C'est rien, Mademoiselle, ça va aller, lâche le curé, qui poursuit sur sa lancée. Faudrait peut-être m'écouter jusqu'au bout avant de menacer de tuer la terre entière.

— C'était ma fille, putain ! Je fais ce que je veux.

— OK, faites ce que vous voulez.

À ces mots, les sanglots de Nour redoublent, alors Diego se lève pour s'approcher d'elle et Yarol lui emboîte le pas, aussitôt stoppé par le curé qui lui signifie d'un geste qu'il ferait mieux de rester assis, et le prisonnier repose son corps éreinté sur sa chaise. L'homme d'Église fait un clin d'œil à Nour, dans le dos de Yarol, puis s'accroupit à sa hauteur et bien fort, pour que Ponthus puisse entendre, lui glisse :

— N'ayez pas peur, ce monsieur a l'air un peu confus en ce moment, mais c'est un homme bon.

— Ta gueule, hurle Yarol. Tu feras ta messe ailleurs !

— Il est en colère et c'est assez normal compte tenu du contexte. Pas vrai, Ponthus, que c'est normal ?

— Reviens poser ton cul ici. T'avais des trucs à me dire, je t'écoute.

Diego hésite un instant, avant de se lancer. Il voudrait d'abord négocier que Yarol pose le couteau sur la table, pour ne plus avoir à subir la menace de cette arme qui semble désuète. Mais il faut avancer, dans ses souvenirs, le Raid à la manœuvre n'est pas le gage d'une grande délicatesse. Alors il se met à raconter à Yarol les lettres trouvées par Simon entre deux chemises, ces écrits fragmentaires, comme un compte à rebours quotidien, qui disent que Constance souhaitait quitter cette vie où elle ne trouvait pas sa place.

— Ce n'était pas un accident et Mlle Delsaux n'y est pour rien.

Nour pousse un cri minuscule, expression sonore de la dépressurisation instantanée de son corps, que les autres entendent à peine.

— Je ne comprends pas, murmure Yarol en reculant sa chaise, dont les pieds recouverts de caoutchouc dégomment le sol dans un bruit de torture.

— Les choses ne se sont pas passées comme vous le croyez, Yarol.

— Je n'arrive pas croire à sa mort, déjà, alors ce qui s'est passé…

Diego se dit qu'il a de la finesse, tout de même, le vieux, d'avoir en pareilles circonstances le recul de prétendre qu'il n'en a pas.

— Tu veux dire que Constance s'est jetée sous les roues de sa voiture ?

En interrogeant le curé, Yarol observe Nour, qui préfère regarder ailleurs, le béton au sol n'a jamais été aussi beau.

— C'était sa voiture mais ça aurait pu être la voiture de n'importe qui d'autre, acquiesce Diego. Quant à Constance, si elle a effectivement choisi la date de sa mort, n'était-ce pas sa plus grande liberté ?

— Ma fille ne s'est pas suicidée !

Yarol éjecte sa chaise en arrière, l'objet chute dans un éclat de ferraille et Diego, redoutant que le raffut ne provoque la brusque intervention du commando, hurle soudain *tout va bien,* comme s'il s'adressait seulement à Nour, pour éviter que Yarol ne réalise qu'à l'extérieur se trouve deux mitraillettes tenues à bout de bras par des hommes surentraînés qui ne transigeront pas. Il recule en direction de la porte, vacille légèrement, un pied pris dans l'autre, il aurait dû le prévoir, l'information du suicide de sa fille, quasi bestiale, a fauché le détenu comme une balle. Diego se sent vaurien d'avoir trahi son engagement à conserver le secret et d'avoir placé de force Yarol face à la vérité alors qu'il ne demandait rien. Mais quel choix avait-il ? Laisser Nour aux mains de Ponthus et de son cran d'arrêt ? Alors il s'approche de Yarol et tente ce qui, dans l'urgence, lui semble le plus sincère : sa tendresse et son amitié pour Constance.

— Yarol, je connaissais bien ta fille, j'étais son ami.

— Tais-toi !

Yarol brandit son couteau vers le curé puis vers Nour, il va de l'un à l'autre, fait mine d'enfoncer la lame, transperçant l'air chargé de dépit. Diego attrape son téléphone dans sa poche arrière, fait défiler les lettres de Constance puis prend le risque, immense, il en a conscience mais il faut bien ramener Yarol à la raison, de lire un billet, l'avant-dernier, à haute voix :

— « Demain, 9 février 2020 : annexion de mon corps en vie à la mort. *Capituler* enfin. »

À ces mots, Yarol devient fou. Il hurle qu'il ne veut rien entendre et sanglote sauvagement des mots en furie, qui gueulent à quel point il est une erreur de père et un néant d'humain. Dans une tentative incertaine de le sauver ou de l'apaiser, persuadé qu'il lui faut entendre que sa fille ne demande ni grâce ni pardon, que son désir de mourir n'aurait jamais plié devant personne, le curé persiste et, ému autant que déterminé, énonce d'une voix forte la dernière lettre.

> 9 février 2020
> Toi, le détenu Yarol Ponthus, si tu me lis : ceci était mon *Blitzkrieg*, vingt-sept années d'une guerre éclair. Mon paisible visage t'embrasse, je vais à la mort comme à une fête au crépuscule.

Ponthus est tétanisé. Constance s'adresse à lui. Elle a écrit son nom sur une feuille de papier. Yarol Ponthus. Elle ne l'a pas oublié. Elle l'embrasse. Juste avant de mourir, elle a choisi d'écrire le nom de son père. L'extraire des limbes de l'anonymat et ensuite partir. Le ramener à la surface et disparaître juste après. Calligraphier le patronyme du géniteur et se jeter au cœur des ténèbres. Frapper sur le papier les cinq puis sept lettres qui composent le nom de celui qui est à l'origine de sa vie, et en finir.

Un bref moment, Yarol a cessé de respirer, il s'est accroupi sur le sol, le couteau est tombé et, doucement, le curé le ramasse.

— Comme à une fête au crépuscule, répète Diego qui s'assoit sur le linoléum à côté du père effondré.

Et Nour sent sur elle se répandre la grâce d'un allègement magistral, la vie peu à peu revient et elle n'en finit pas de pleurer.

Seconde après seconde, alors que le curé tente

d'apaiser Yarol qui, couché à présent sur le sol, les yeux fermés, les mains sur le sommet de son crâne, dégorge sa sidération, Nour commence sa métamorphose. Lentement, elle se met en mouvement, se rapproche du détenu éperdu d'une douleur fauve et, tandis que la distance entre eux se réduit, les choses semblent reprendre leur juste place. La Nour d'avant, l'élastique, la chaleureuse, se pose à côté de Yarol, lui effleure l'épaule, et le Boss ne dit rien, il n'y a plus aucune objection en lui, plus de révolte, plus de colère non plus.

C'est ahurissant à quel point une phrase, une seule, constituée des mêmes mots, en tous points pareils, a suffi à rendre à Nour son monde entier et à faire éclore en Ponthus les prémices d'une vérité dont aucun parent ne voudrait.

De longues minutes s'écoulent dans un silence étourdi. Diego s'ébroue lentement, revient à des pensées pragmatiques, il va faire sortir Nour en premier, la suivre pour dégager la voie du Raid en laissant Yarol, désormais désarmé, dans la pièce, jusqu'à ce que la sécurité intervienne à sa guise. Aucun blessé, pas de drame, Yarol pourra peut-être s'en sortir avec une relaxe, le caractère hautement tragique du contexte familial se chargera, Diego l'espère, de plaider en sa faveur.

Mais les mains de Yarol recommencent à s'agiter sur le PVC gras du sol, il trifouille l'extrémité de ses doigts.

— Je veux pas sortir d'ici.

Nour et le curé échangent un regard inquiet. Décidément, elle est longue cette journée.

— Comment ça ? s'étonne Diego.

— Je veux pas sortir d'ici. Ma peine se termine dans quelques semaines et je veux pas. J'ai personne dehors. Plus personne.

— Mais, commence Nour, la liberté, c'est…

— Un enfer. Vous ne savez pas ce que c'est d'avoir été enfermé pendant vingt-cinq ans.

Elle ne sait pas, bien sûr. Et comment le pourrait-elle ? Elle, dont la spécialité a été de sous-vivre, de s'enfermer dans une immobilité grandissante, pas par conviction mais par indolence, elle qui a esquivé l'occasion de devenir mère parce qu'au fond le lien, pour elle, est une babiole oppressive, comment pourrait-elle oser le plaidoyer pour l'indépendance et l'émancipation ?

Nour pose alors une question, toute simple.

— Qu'est-ce qui vous tient à cœur, en prison ?

Personne ne lui a jamais demandé ça, pas même Lacey (méthodiquement concentrée sur le protocole de sortie), pas même les rares psychologues qui l'ont interrogé sur ce qu'il regrettait ou pas d'avoir commis ou laissé dehors, personne ne s'est intéressé à ce que la vie en prison, jour après jour, simple et avariée, pouvait lui apporter.

Alors, à eux deux, posés sur le sol tout près de lui, il se met à raconter ses codétenus, ses seuls amis, les satisfactions et les aubaines du quotidien, la résilience aussi, cette fortune de l'esprit qui plane au-dessus des enfermés. Il mentionne le programme de réinsertion, un truc pour donner bonne conscience à l'administration, la carotte qu'on lui tend comme le Graal.

— Mais je suis pas dupe, dites à n'importe qui dehors que vous avez passé vingt-cinq ans en prison et vous verrez ce qu'il restera de sa grande générosité.

— Bompieux m'a dit que vous aviez un potager… tente le père Diego.

— Oui et alors ? Vous connaissez des carottes qui parlent, des salades qui vous prennent dans vos bras ou des tomates qui vous taillent une pipe ?

Il a raison, pense le curé. Lui aussi, il en est là, comme les autres, comme le reste de l'humanité, à considérer Ponthus un sous-homme qui pourrait bien se contenter de causer à ses légumes. Faudrait pas non plus qu'il s'imagine qu'après avoir purgé sa peine, il soit pardonné. Et ce constat le rend muet, il se sent minus, les beaux mots qu'il balance habituellement avec une certaine décontraction (à force d'expérience, le prosélytisme c'est comme la maçonnerie, ça se maîtrise) lui semblent fissurés et peu importe qu'il les prononce avec l'ardeur de l'argot ou très poliment, à quoi bon parler et dire, si au fond ils ne commencent pas tous, lui, elle, les autres, autant qu'ils sont, par excuser sincèrement un mec comme Ponthus d'être le pire d'entre eux peut-être, mais un homme tout de même, et un homme qui a payé son tribut. Sauront-ils le faire, tous ceux à qui le curé conseille encore et toujours de s'aimer les uns les autres et de ne point juger et qui le croiseront dehors le jour où Yarol sortira ?

— Moi aussi, j'aurais peur de sortir, souffle Nour.

Après les dix semaines qu'elle a passées depuis le *drame*, chargées de la pire des abjections, elle se sent proche du détenu au point d'éprouver dans sa propre chair le désarroi immense que la perspective de quitter cet endroit anime en lui. Comme lui, elle s'est rompue d'un coup sec sous le poids d'une culpabilité monstre, condamnée à être enfermée dans l'ombre d'une morte. Elle aurait compris qu'on l'envoie au trou ou qu'on l'isole à vie, elle aurait accepté n'importe quelle sentence et, pour cet homme qui réclame l'enfermement comme une libération, elle ressent une légère tendresse, quelque chose comme de la compassion. Comment ne pas voir un lien entre les deux trajectoires ? À présent libérée, depuis quelques minutes à peine, elle a tout l'espace en elle pour absorber l'affliction du vieux et, alors, ça lui apparaît comme une évidence, elle doit écouter cet homme, elle lui doit réparation, elle la lui devra toujours.

— Y a pas un moyen de rester ? De prolonger votre peine ?

— Si, vous prendre en otage. Et faire croire à la vérité de la menace pour que ma peine soit prolongée.

Ses poumons déployés comme une armure, Nour inspire profondément.

— Qu'est-ce que je peux faire pour vous, Monsieur Ponthus ?

— Porter plainte, interrompt le curé. Après tout, il vous a menacée et vous avez eu très peur pour votre vie.

— C'est pas faux, répond Nour, dans un éclat confus de rire et de larmes.

Yarol adresse un sourire au curé et pose sa main sur celle de Nour avant de l'ôter aussi vite.

— Vous pouvez garder la clope, murmure Nour.

L'appartement est inchangé : parfums de cuisine, plantes fatiguées, lit défait. Elle sort sur la terrasse, tête renversée vers le ciel, le vent frais dans son nez, dans sa bouche ouverte, et les rayons du soleil percent la vitre derrière elle. Nour avale un verre d'eau, enfile une chemise propre, s'assoit dans le canapé toujours vert olive, son chat, grassement répandu sur elle, exsude sa douce chaleur féline. Elle ouvre son ordinateur portable, consulte ses messages, des rendez-vous au journal transitent vers son agenda, des factures, un mail atteste que Jeff a bien continué à verser sur son compte la moitié du loyer et un sourire lui vient.

Elle monte dans sa voiture, passe chez le fleuriste, achète des roses et des renoncules et prend la route du cimetière. Il faut bien qu'elle aille lui rendre visite, à cet autre mort qu'elle a tant négligé, ces derniers temps. On ne se défait jamais de ses ombres ni de ses fantômes, on les entretient pour les prolonger. Ce matin, elle emprunte à dessein le même trajet, jusqu'à atteindre le point d'impact. Ce point précis du trottoir d'où Constance a surgi quelques semaines plus tôt. À partir de là, il lui faut improviser jusqu'au cimetière. Laisser ruisseler de nouveau le cours ouvert de son existence. Rouler libre. Écouter *Liquid Sunshine*, pour forcer le retour à la vie. « *It's raining a lot, the weather is hot* » résonne dans l'habitacle, elle maintient son volant fermement, elle a le contrôle total de son véhicule, devant elle la route est dégagée, sa trajectoire limpide, dans la vraie vie, il ne pleut pas et tout est bien.

Allée 14, deuxième tombe à droite, son père est toujours là, il n'a pas bougé, sous sa pierre, il demeure. Elle s'assoit à même le sol, pose les fleurs dans le vase en grès qu'elle remplit au robinet voisin et murmure au défunt :

— Il va falloir que je fasse quelque chose. De ma vie. T'as pas une idée ?

Appuyé au chambranle de la porte de sa cellule, Zoltan regarde longuement Yarol sans rien dire, puis s'approche de lui et le serre dans ses bras.

— Putain, Boss, j'ai cru que je te reverrais jamais.

Ponthus sourit.

— Je suis flatté de constater que tout le monde croit encore en mon pouvoir de nuisance.

Et ils rient tous les deux, on dirait des gamins, l'un vautré sur son lit, l'autre assis à l'envers sur la chaise en bois, tout près, le plus près possible, à 20 centimètres à peine.

— C'est quand l'audience ?

— Demain.

— Et ?

— Ils se sont mis à avoir pitié de moi, les abrutis, même Bompieux. Il prétend qu'il savait que je ne lui ferais aucun mal. En attendant, il a appelé le Raid.

Heureusement que cette gentille fille très bien élevée a porté plainte. Donc c'est difficile à dire.

— Faudrait quand même que tu te fasses à l'idée de sortir un jour…

— J'ai essayé, Zoltan, j'y arrive pas.

Le vendredi 27 mai 2020, Yarol Ponthus comparaît *détenu pour autre cause* devant le tribunal correctionnel qui le condamne à une incarcération prolongée de quatorze mois pour avoir maintenu en otage Mademoiselle Nour Delsaux, trente et un ans, et l'avoir menacée à l'arme blanche. Malgré la plainte de la victime, le réquisitoire porte principalement sur l'accusation de l'administration pénitentiaire, cette dernière ayant dû, pour assurer la sécurité de la victime, de ses employés et des autres prisonniers, faire intervenir le RAID. La date de la libération définitive de Monsieur Ponthus Yarol est donc fixée au 30 janvier 2022.

Yarol écoute attentivement ces mots qui le condamnent une fois encore, pourtant il a déjà filé ailleurs. Son cœur et son cerveau, de concert, tentent d'exhumer des images de Constance, avalées par les sables mouvants, le temps qui passe est une boue vorace. La voix du juge n'est plus qu'un vague écho. *Je te revois encore qui cours avec ton bonnet jaune et tes petits gants tenus par des élastiques. Tes cheveux couleur de blé, je ne m'en souviens pas. Constance Ponthus*, à dessein il associe son nom et son prénom pour la première fois, *mon éternelle inconnue.*

De retour dans sa cellule, il déroule sur son matelas étroit toute la longueur de son corps efflanqué, d'un geste lent, ouvre le livre et entame la première page de *L'Ordre du jour*.

Nour revient à Saint-Rémy quelques semaines plus tard. Bien sûr, sa demande de visite surprend Ponthus.

— Qu'est-ce que vous voulez ?

— Prendre de vos nouvelles.

Derrière la table rectangulaire, il se lève. L'un et l'autre sont mal à l'aise, les retrouvailles sont fébriles, les circonstances exceptionnelles de leur première entrevue ont laissé le souvenir d'un moment ogre. Ils se saluent d'une poignée vigoureuse et Yarol lui signifie qu'elle peut prendre place sur la chaise en face.

— Comment ça va ? demande Nour.

Il hausse les épaules.

— J'ai pris que quatorze mois supplémentaires, c'est pas la gloire.

— Pourtant j'ai porté plainte, je leur ai même dit tout le mal que je pensais de vous. Je suis désolée, Yarol.

— Y a pas de quoi.

Il soupire, la situation est ubuesque. À part lui, qui se désolerait, franchement, d'une peine aussi clémente ?

— Dans le fond, vous êtes devenu trop bon et tout le monde le sait. C'est ça votre problème.

Ponthus sourit, il ne s'attendait pas à ça.

— J'ai pensé à un truc. Il y a un appartement dans la curée chez le père Diego. Y a un mec qui y habite mais il doit s'en aller bientôt. Nour inspire profondément. Vous pourriez prendre sa place, quand vous sortirez.

— Simon ?

— Oui.

— Le gars à qui ma fille écrivait ? Vous voulez que j'aille vivre au même endroit que lui ?

— C'est lumineux, précise-t-elle en opinant. Et derrière il y a un potager qui serait heureux d'être entretenu régulièrement, alors, bon, le prêtre et moi, on a pensé à vous.

— Vous êtes devenus copains ?

— Disons qu'il nous arrive de discuter.

— Le chaos, ça soude.

Yarol laisse aller son dos contre le dossier de la chaise et, ainsi déplié, laisse s'échapper un soupir.

— « On ne tombe jamais deux fois dans le même abîme. Mais on tombe toujours de la même manière, dans un mélange de ridicule et d'effroi. Et on voudrait tant ne plus tomber qu'on s'arc-boute, on hurle. À coups de talon, on nous brise les doigts, à coups de bec on nous casse les dents, on nous ronge les yeux. L'abîme est bordé de hautes demeures. »

— Pardon ?

— *L'Ordre du jour*. Éric Vuillard.

— C'est beau.

— Un cadeau de ma fille.

— Ça veut dire que vous acceptez ?

Yarol ferme les yeux, sa tête doucement bascule vers l'avant, il acquiesce en silence et, aux parages de l'espoir, en lui, le calme advient. Peut-être en a-t-il assez de compter sur la douleur. Peut-être en a-t-il assez d'être un passant invisible dans l'air du jour.

Nour affiche un sourire timide. Furtifs sont les bonheurs mais la voilà soulagée.

Les yeux de Ponthus brillent d'une lumière douce et son visage semble à l'affût, quelque chose affleure, il le sent, en lien avec la joie ou le risque de la joie. Mais il se tait. À cet instant précis, dans ses entrailles, il a beau être le plus heureux possible, il s'arroge le droit de ne pas être apte à l'exprimer. Pas encore.

Tout ne peut pas être si simple. Les progrès sont comme des poussins, ils forcent la coquille et éclosent en petits miracles, peinant parfois à trouver leur place ensuite. En ce jour de printemps qu'il constate par la fenêtre fendue là-haut de sept barreaux, vient à Yarol la pensée d'une légère victoire.

Vingt mois plus tard

Petit, Zoltan a observé sa grand-mère confectionner des chandails, des cardigans et des gilets. Depuis le départ de Yarol, il s'est mis au tricot.

La télé diffuse des images auxquelles il ne prête aucune attention, la présentatrice chantonne comme une petite musique d'hypermarché. Et soudain, alors qu'il est concentré sur l'ébauche d'un bonnet, il reconnaît le timbre nasillard du bonhomme qui, maintenant, s'exprime. Il lève les yeux et, sur l'écran, il aperçoit Yarol, bronzé comme jamais, en tenue de fermier, une veste bleue passée sur un pull en laine épaisse.

— Voilà, exactement, c'est une ferme pédagogique, répond le Boss à la journaliste.

En arrière-plan s'ébrouent des bestiaux en liberté. Juste à côté de Yarol, une femme, quarante ans, la peau mate, des cheveux longs retenus par un foulard bien fagoté, tient dans sa main gauche une lourde pelle et dans l'autre une béquille, chargée de compenser sa jambe manquante.

— On s'occupe des animaux, on gère aussi les cultures et le potager, annonce-t-elle, enthousiaste.

— Ici on est tous copains, barbouille, presque enfantin, un jeune homme qui mâchonne autant qu'il parle.

C'est une coopérative inclusive et tout ce qu'elle produit est 100 % bio, précise la journaliste, avant d'ajouter des informations pratiques, des chiffres et d'achever le reportage, *Ce sont des initiatives précieuses dont il faut continuer à parler.*

En plateau, la présentatrice reprend l'antenne et la remercie avec un sourire satisfait :

— C'était un reportage de Nour Delsaux.

C'est ce nom bien plus que le visage de la jeune femme qui fait réagir Zoltan, ahuri devant son poste et saisi d'un fou rire d'anthologie.

— Yarol chez les bobos, je rêve !

Et la présentatrice, parfaitement brushée de poursuivre, sans transition :

— Le ministre de l'Industrie, Tanguy Éluard, mis en cause dans une affaire de prise illégale d'intérêts en Angola. Mediapart révèle dans un document accablant publié hier le…

Mais déjà, assis sur sa couchette, Zoltan n'écoute plus rien ; au souvenir de Yarol dans sa ferme éclot sur son visage un sourire animé.

Les citations pages 142, 246 et 247 sont tirées de *L'Ordre du jour* d'Éric Vuillard, Paris, Actes Sud, 2017

Remerciements

À mon éditrice, Lisa, qui, une fois encore, m'a fait confiance et m'a poussée au meilleur.

À toute l'équipe des éditions Julliard. Merci pour votre accueil et vos accompagnements.

À ma précieuse famille.

À mes amis précieux.

À Nicolas qui a très grands le cœur et les idées.

À Zélie et Ninon. *Forever*.

Composition et mise en pages
Nord Compo à Villeneuve d'Ascq

CET OUVRAGE
A ÉTÉ ACHEVÉ D'IMPRIMER
SUR ROTO PAGE
PAR L'IMPRIMERIE FLOCH
À MAYENNE EN JANVIER 2023

#lisez! engagé
www.lisez.com
Pour plus d'information :
Imprimé sur du papier issu de forêts gérées durablement.

Dépôt légal : mars 2023
N° d'édition : 65291/01- N° d'impression : 101952
Imprimé en France